U0479279

今天也是一事无成

[西] 阿方索·卡萨斯 著
Lazzyking 译

文化发展出版社
Cultural Development Press
·北京·

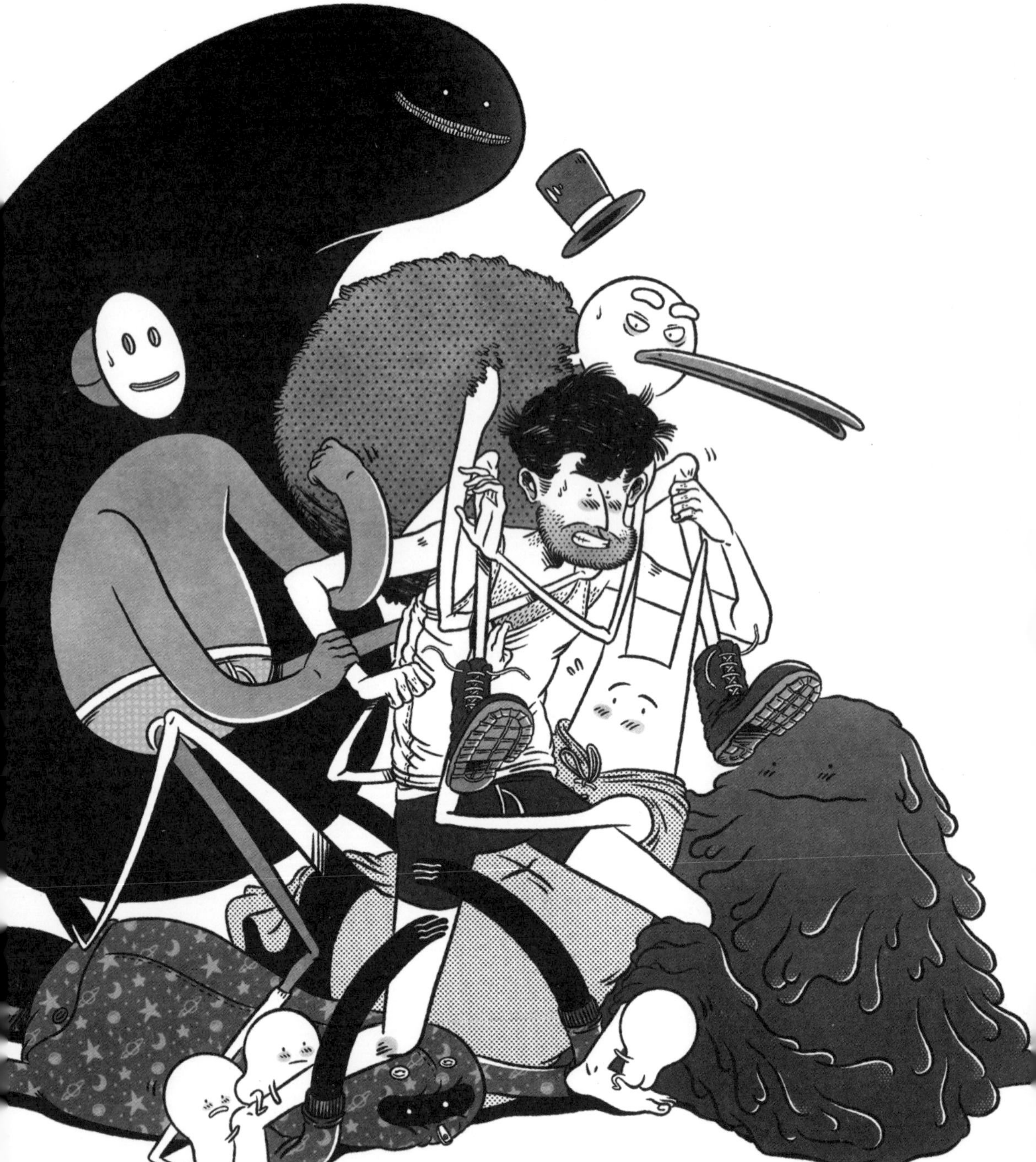

今天也是一事无成
MONSTRUOSA
MENTE

图书在版编目（CIP）数据

今天也是一事无成 ／（西）阿方索·卡萨斯著；Lazzyking译. ——北京：文化发展出版社，2024.5

ISBN 978-7-5142-3878-5

Ⅰ．①今… Ⅱ．①阿… ②L… Ⅲ．①漫画－连环画－西班牙－现代 Ⅳ．①I551.45

中国国家版本馆CIP数据核字（2023）第129160号

Original title：Monstruosamente
© 2020, Alfonso Casas Moreno
© 2020, Penguin Random House Grupo Editorial, S.A.U., Travessera de Gracia, 47-49, 08021 Barcelona, Spain
The simplified Chinese translation rights arranged through Rightol Media（本书中文简体版权经由锐拓传媒取得 Email:copyright@rightol.com）

著作权合同登记号 图字：01-2024-0411

今天也是一事无成

著　　者：[西] 阿方索·卡萨斯
译　　者：Lazzyking

出 版 人：宋娜
责任编辑：范炜　　　　责任校对：岳智勇
责任印制：杨骏　　　　封面设计：大千妙象
出版发行：文化发展出版社（北京市翠微路2号 邮编：100036）
发行电话：010-88275993　　010-88275711
网　　址：www.wenhuafazhan.com
经　　销：全国新华书店
印　　刷：嘉业印刷（天津）有限公司

开　　本：710mm×1000mm　1/16
字　　数：63千字
印　　张：9
版　　次：2024年5月第1版
印　　次：2024年5月第1次印刷

定　　价：68.00元
ＩＳＢＮ：978-7-5142-3878-5

◆ 如有印装质量问题，请与我社印制部联系　电话：010-88275720

你能跟我讲讲这一切都是从什么时候开始的吗?

呃,我说不上来……

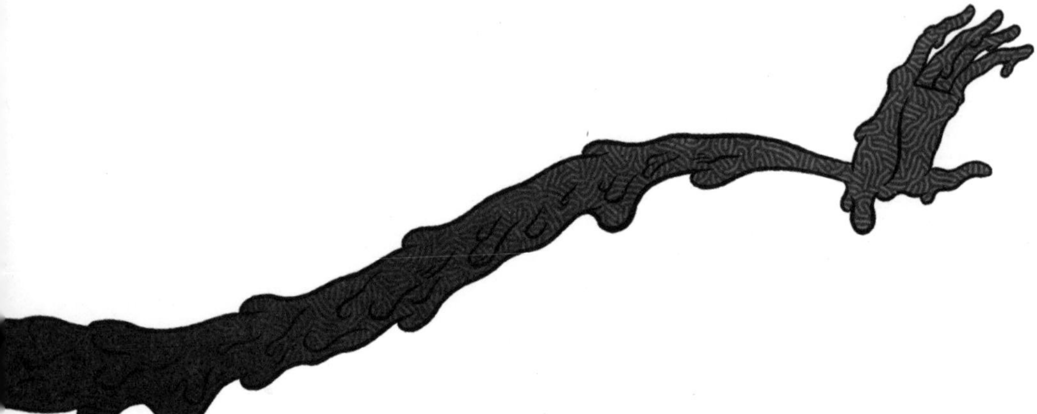

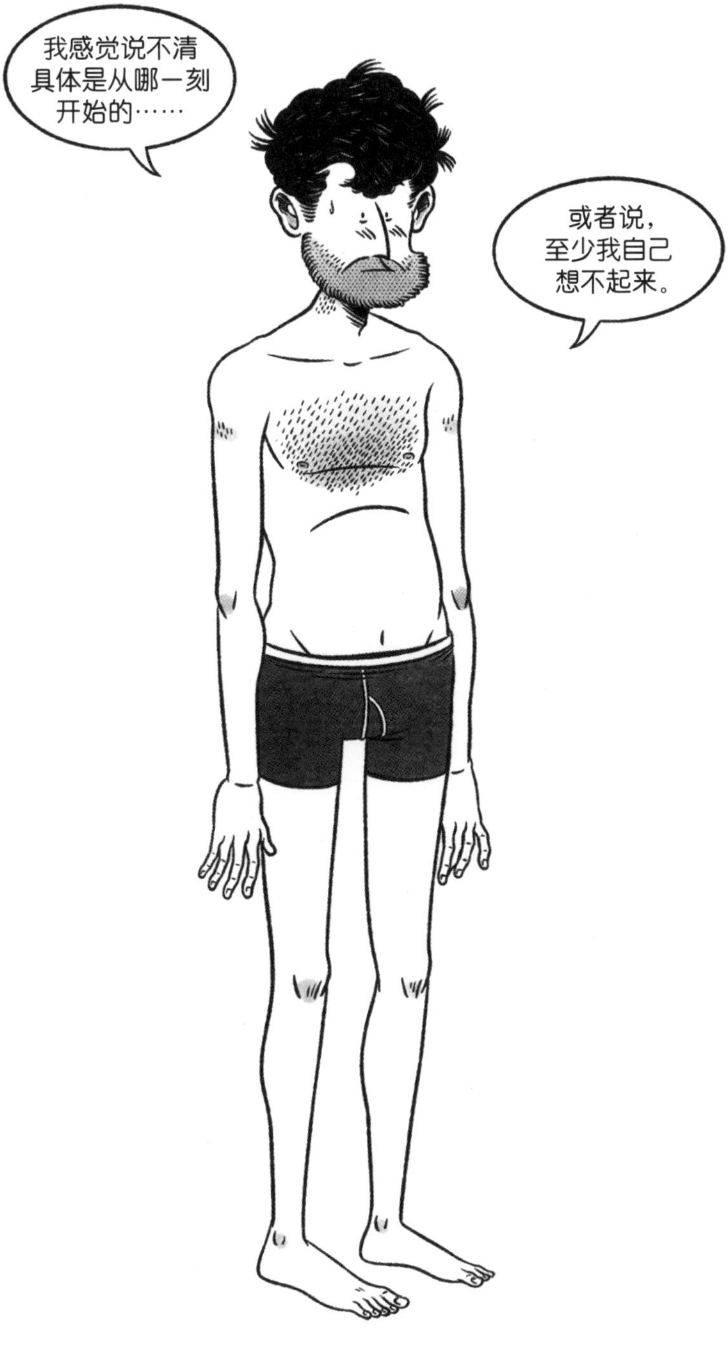
我感觉说不清具体是从哪一刻开始的……
或者说，至少我自己想不起来。

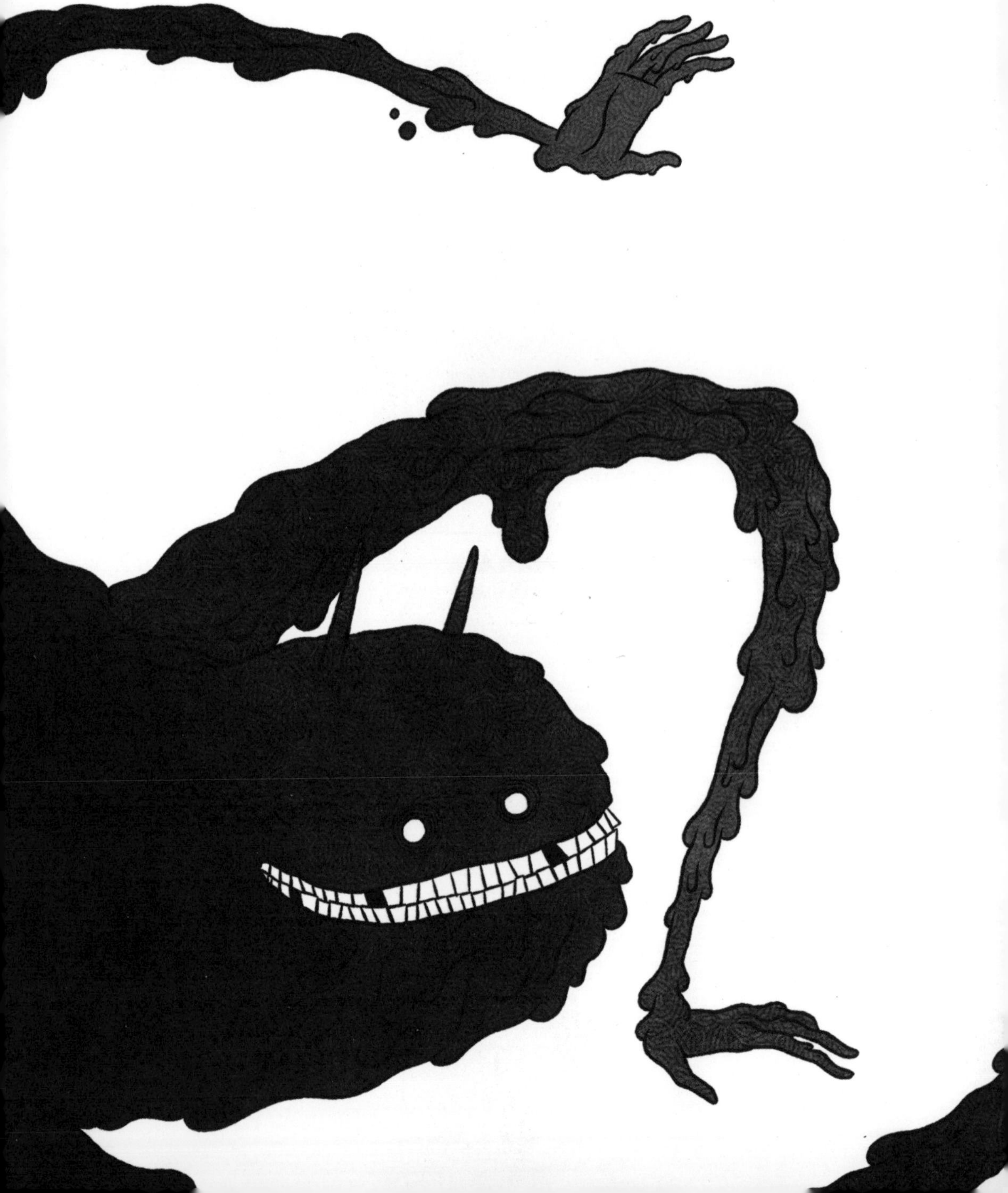

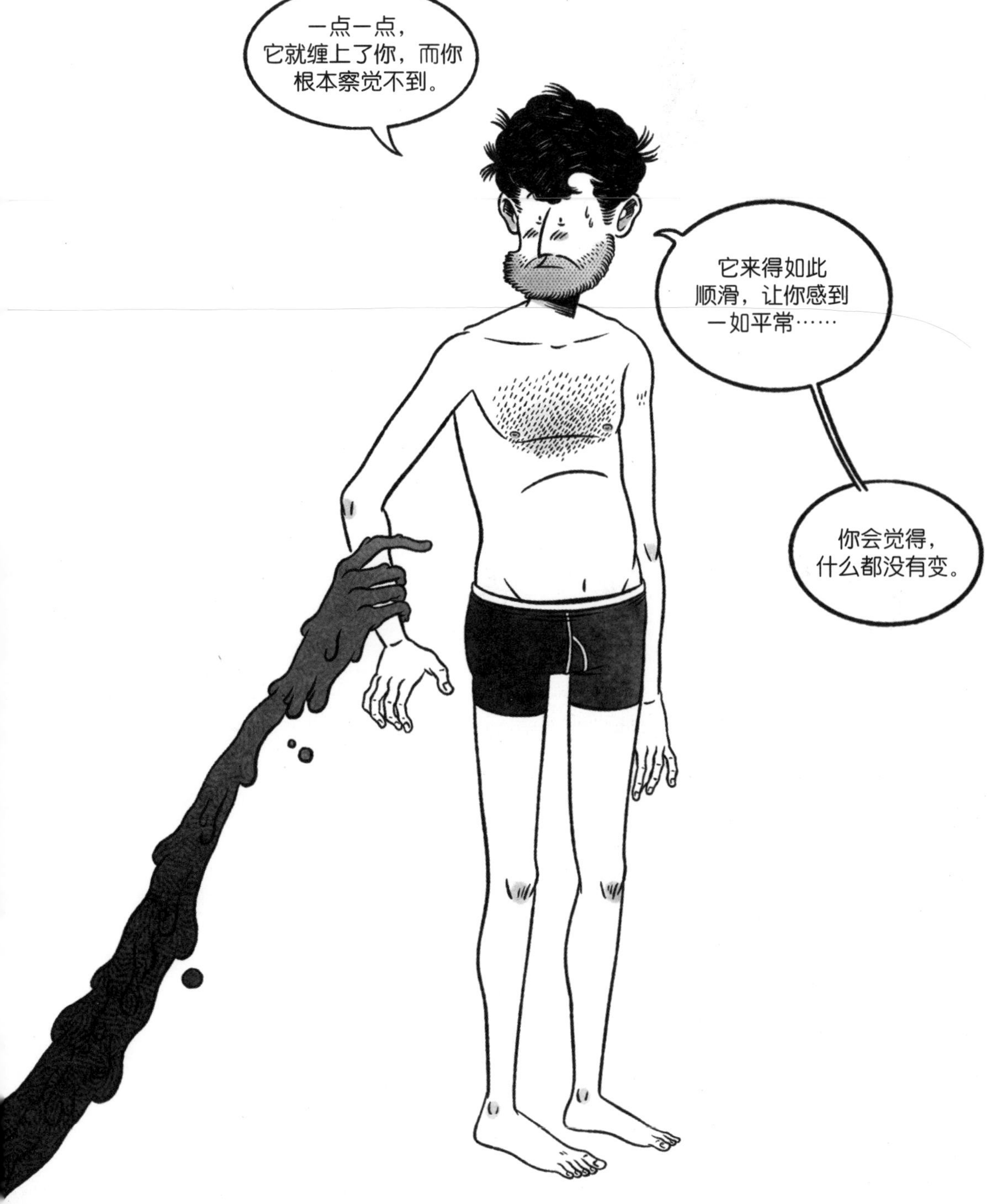
一点一点，
它就缠上了你，而你
根本察觉不到。
它来得如此
顺滑，让你感到
一如平常……
你会觉得，
什么都没有变。

直到有一天，你发觉自己已深陷其中……

到了那时，你也就完全想不出该如何脱身了。

每次起床，我总会犯懒。

¡PIP, PIP! 哔哔哔哔 7:00 你懂的，就是推迟闹钟时间……	¡PIP, PIP! 哔哔哔哔 7:01 eunn	7:05 （得推迟几次。）
¡PIP, PIP! 哔哔哔哔 7:15 ¡PIP, PIP! 哔哔哔哔	7:__ eunn	7:20 但从始至终，我想逃避的都不止于此……
7:32	¡PIP, PIP! 哔哔哔哔 7:40 哔哔哔哔 ¡PIP, PIP! 还有那些不可避免的事……	¡PLAF! 啪 该死！

……它们。

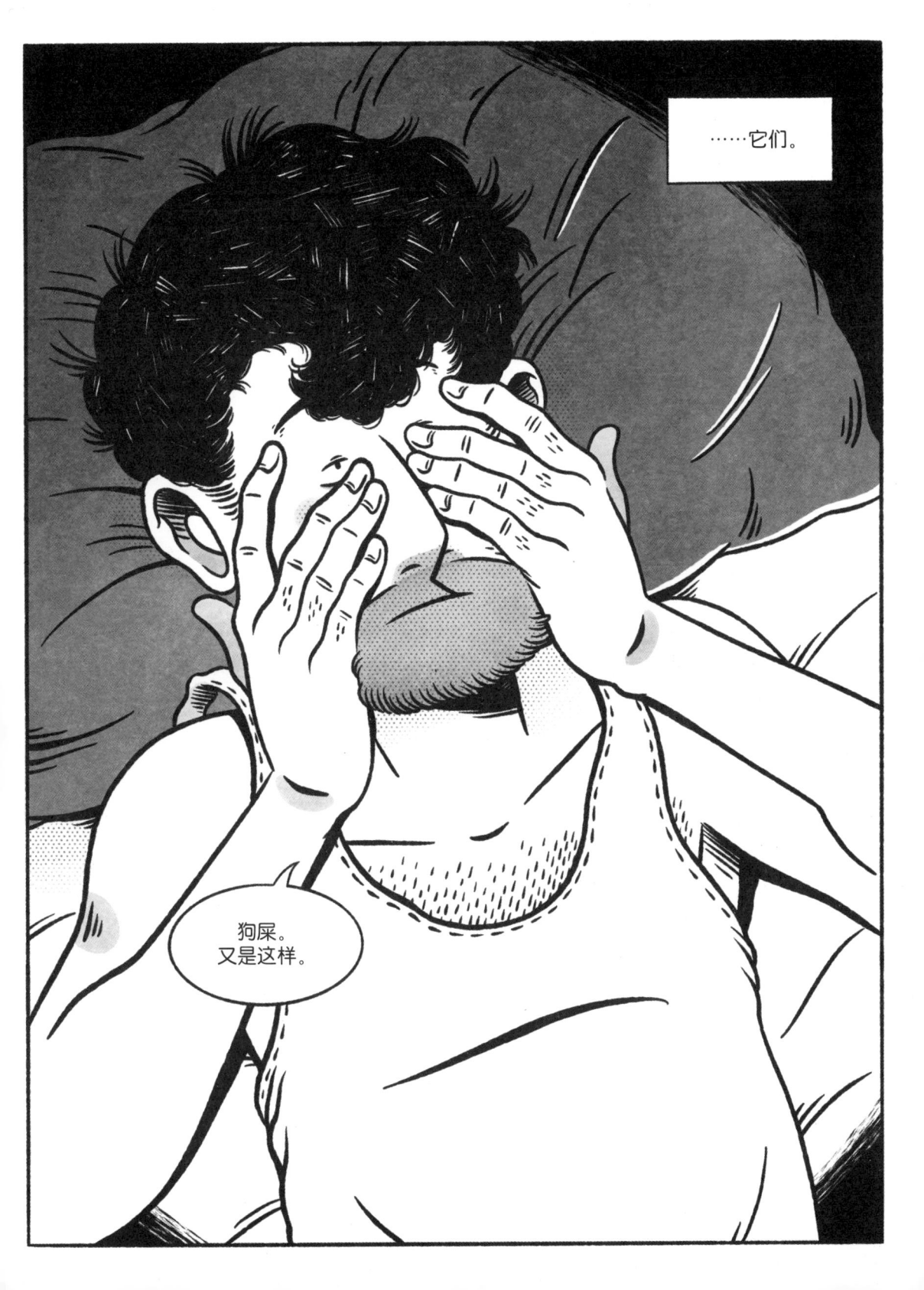

狗屎。
又是这样。

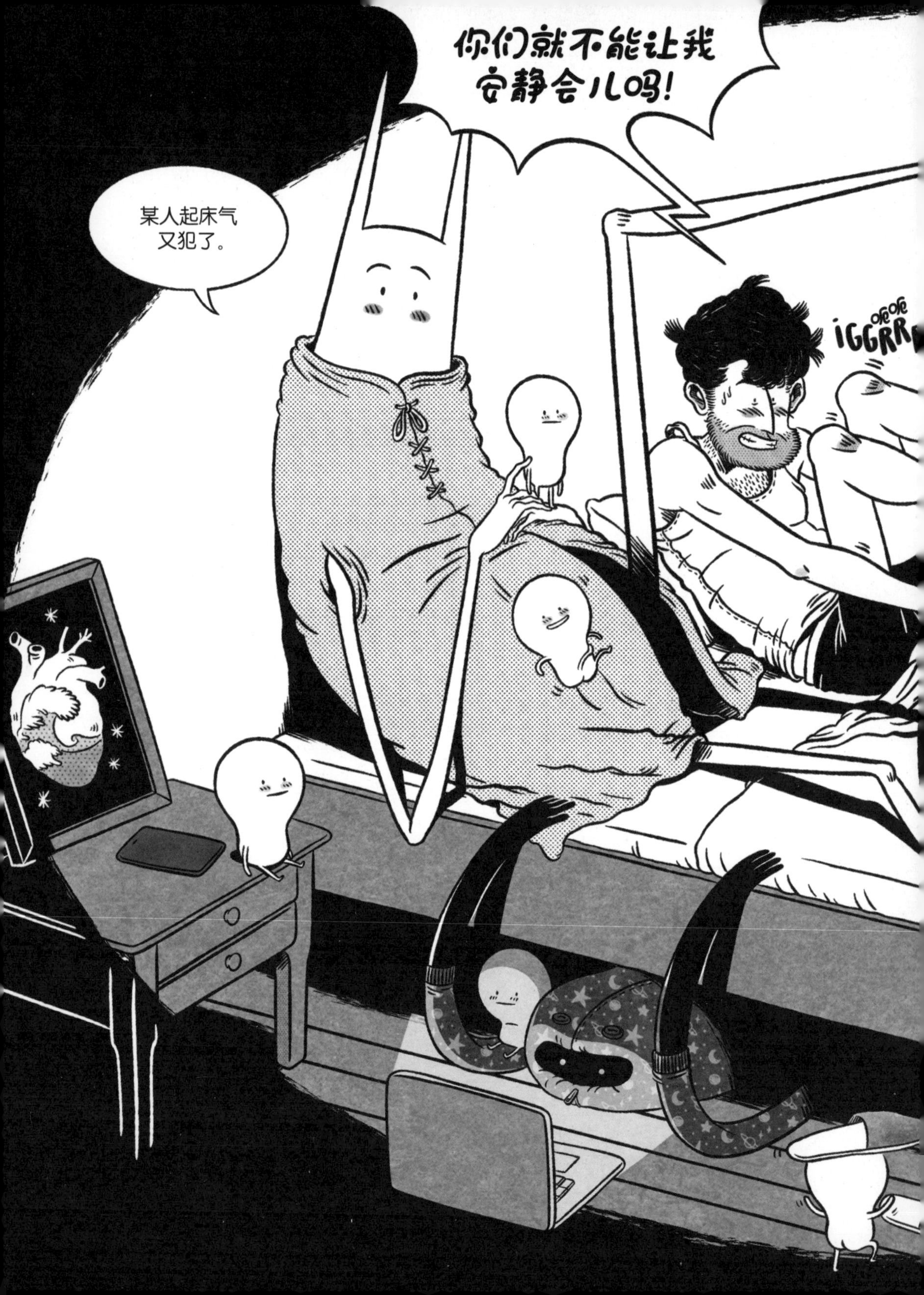
你们就不能让我
安静会儿吗!
某人起床气
又犯了。
呃呃
iGGRR

早安!

8:10
你看到那块胎记了吗？
滚！！！
8:30
你早餐想吃哪种？
INTEGRAL Anxieties
Regret'os 0% USEFUL
HELP
来杯咖啡就足够了，谢谢……
9:00
我的话，就会把这个地方改掉。
改哪儿？
全部。
13:30
你是认真的吗？非得一直跟着我？

19:30
你可真是
一团糟……
现在，咱们就
看看其他人多久
才会发现。
21:00
SINCE 1981
TOMATO
KETCHUP
CERVEZA
你觉得冰箱
能自己长出
食物来？
23:00
这个绝对不行！
不许独占沙发。
¡ARG!
挤得我简直
喘不上气了！

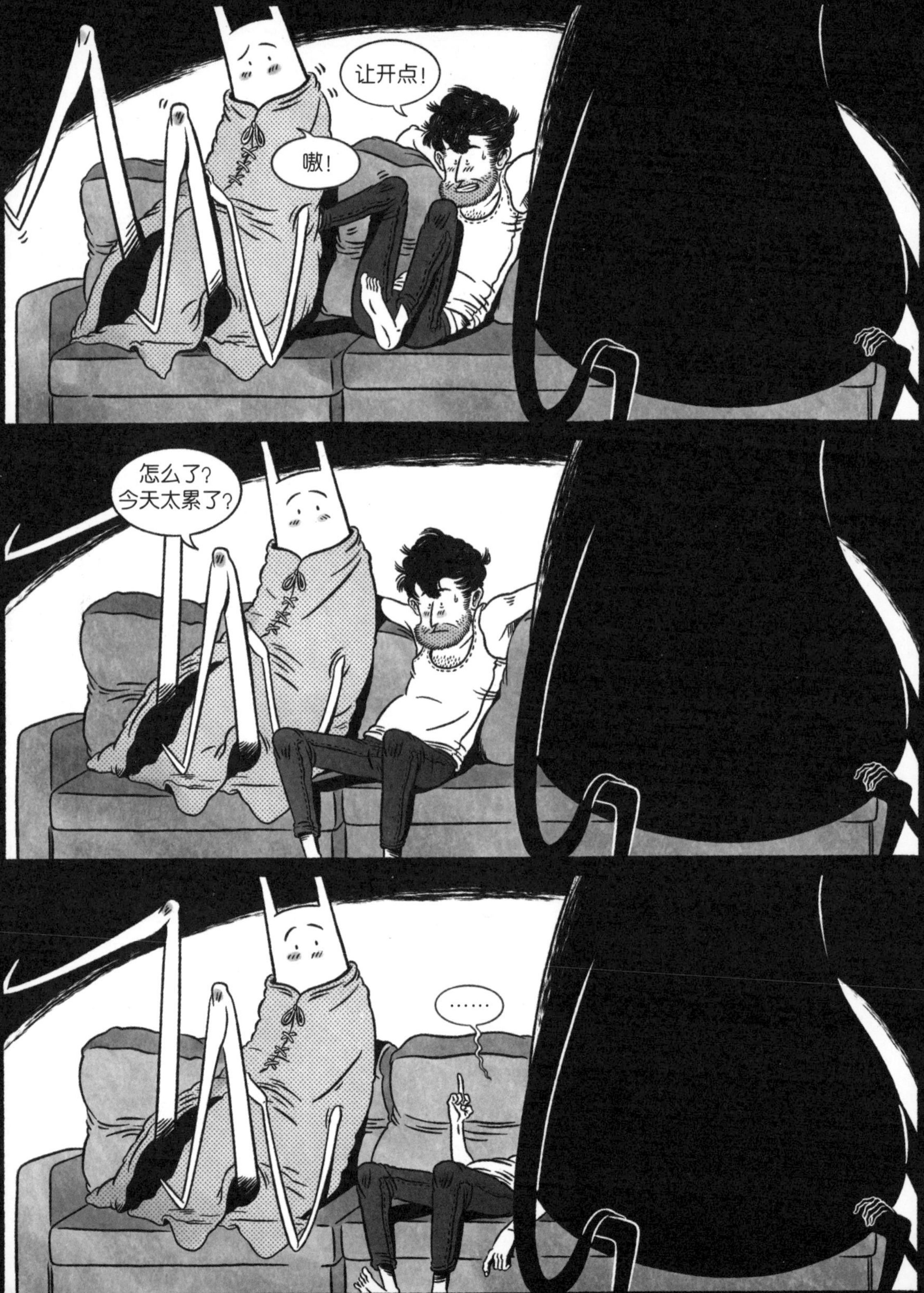
让开点！
嗷！
怎么了？
今天太累了？
……

今天也是一事无成
MONSTRUOSA
MENTE

我的阳台宽65厘米，不多不少。

考虑到公寓面积40平方米，这个阳台算是"相得益彰"了。

总之，我没什么可抱怨的……

EL PELO 毛发

只要身体足够柔韧，你就能充分享受每天射入房间长达45分钟的日光。

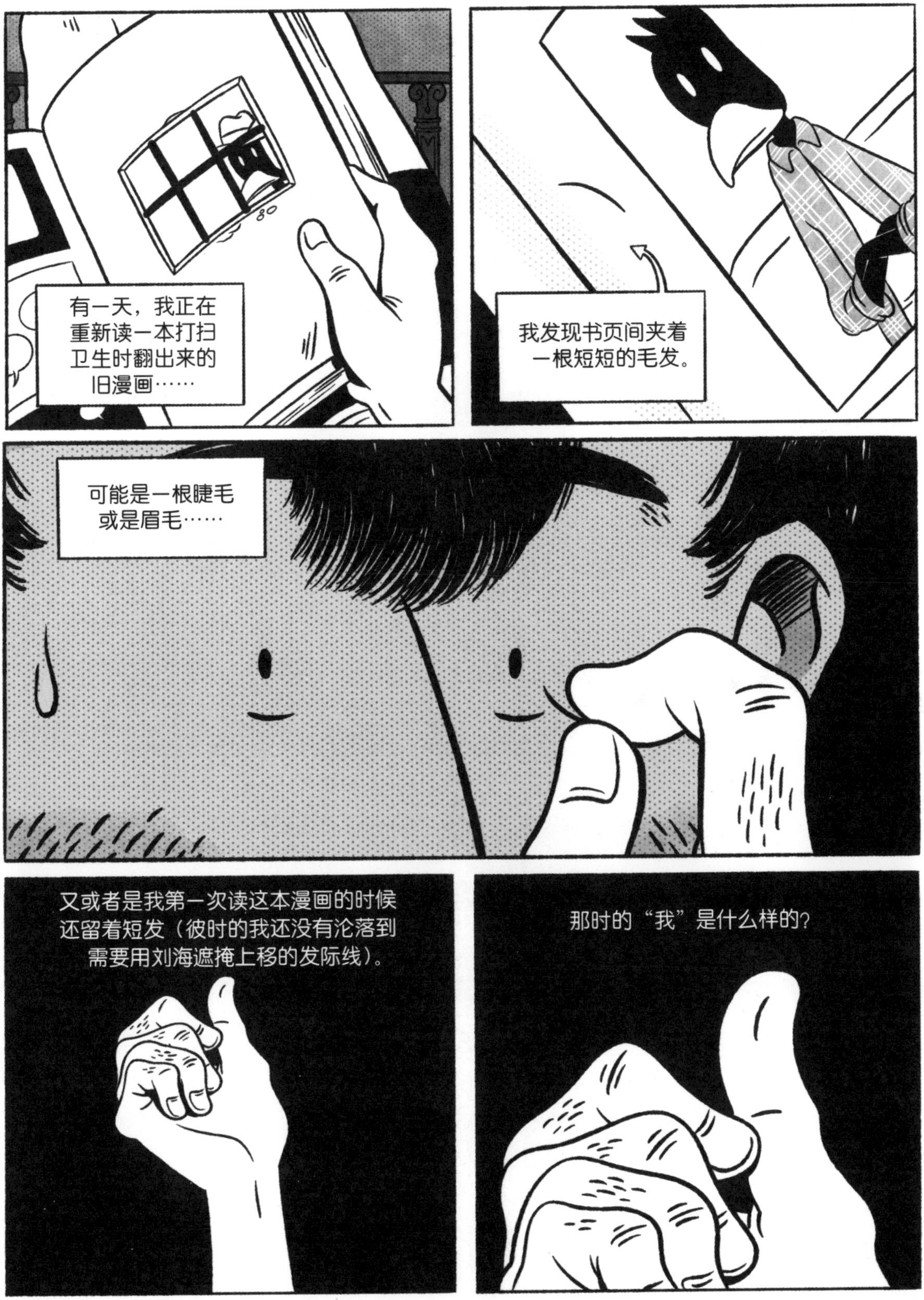
有一天，我正在重新读一本打扫卫生时翻出来的旧漫画……
我发现书页间夹着一根短短的毛发。
可能是一根睫毛或是眉毛……
又或者是我第一次读这本漫画的时候还留着短发（彼时的我还没有沦落到需要用刘海遮掩上移的发际线）。
那时的“我”是什么样的？

你觉得这根毛是多久以前的?
?
说实话,完全想象不出来。
上一次读这本书是很久以前了……
©2004
你那时候肯定比现在年轻多了。
¡GGRR!
不用你提醒我!

> 你们在聊什么呢?

> 我这脑袋上最缺的东西……

> 他找到一根陈年老毛,然后就陷入思索中了。

> 喔!我看看。

¡ZAS! 唰!

> 那时候的你是什么样的?我们还没出现呢……

> 呃,那时候我肯定比现在幸福……

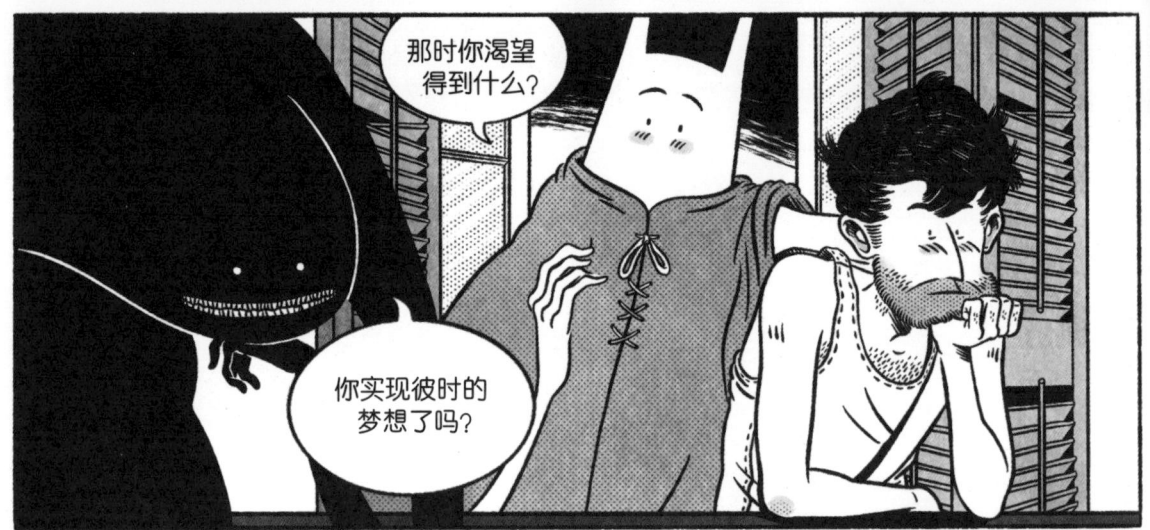

那时你渴望得到什么?

你实现彼时的梦想了吗?

你变得更像你那时候所期望成为的人了……

还是说,变得更像你那时候所恐惧成为的人了?

拿来吧!唰!

¡ZAS! 唰!

IFFFUUU! 呼

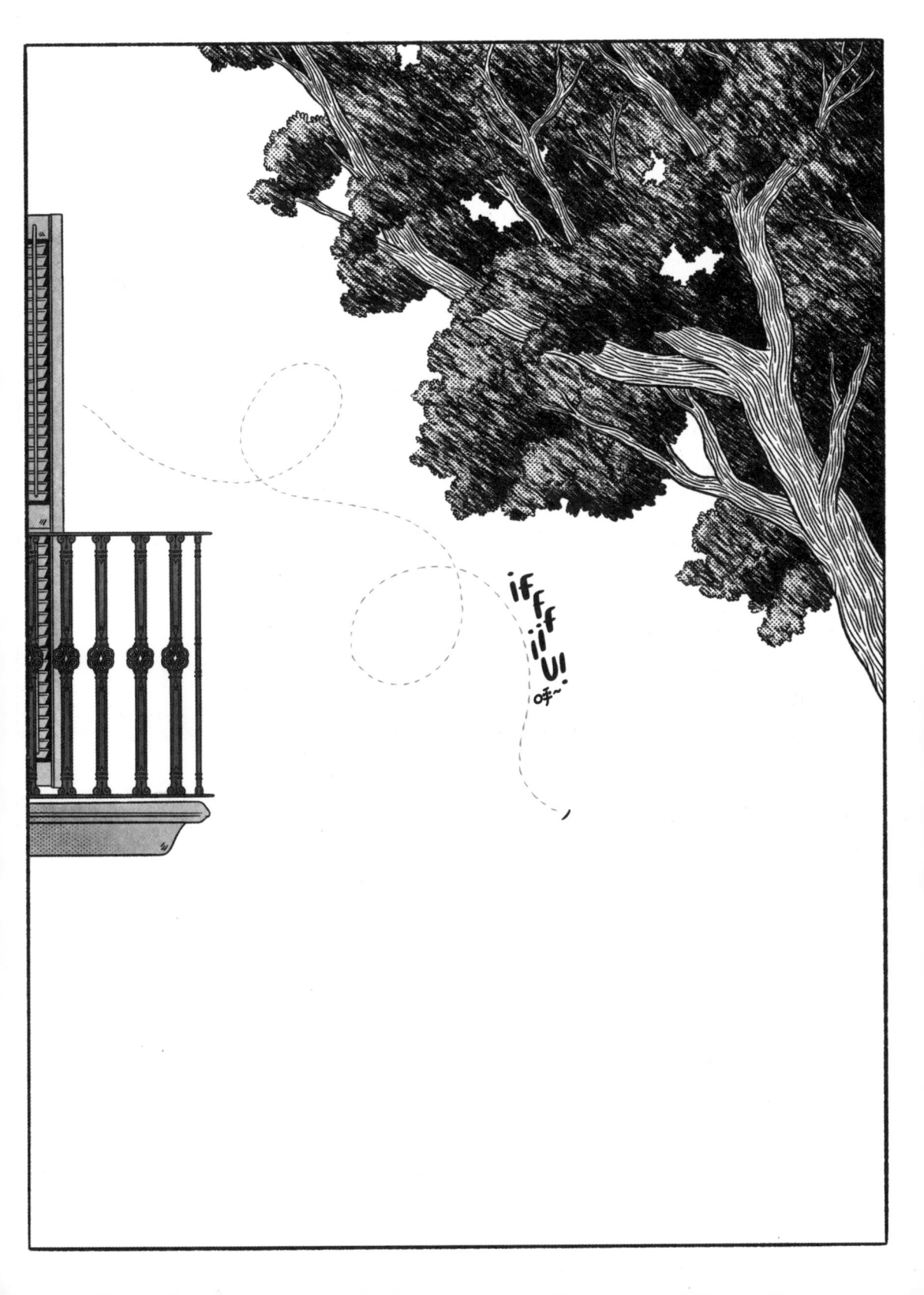

iFffiiU!
呼~

¡ZAS!

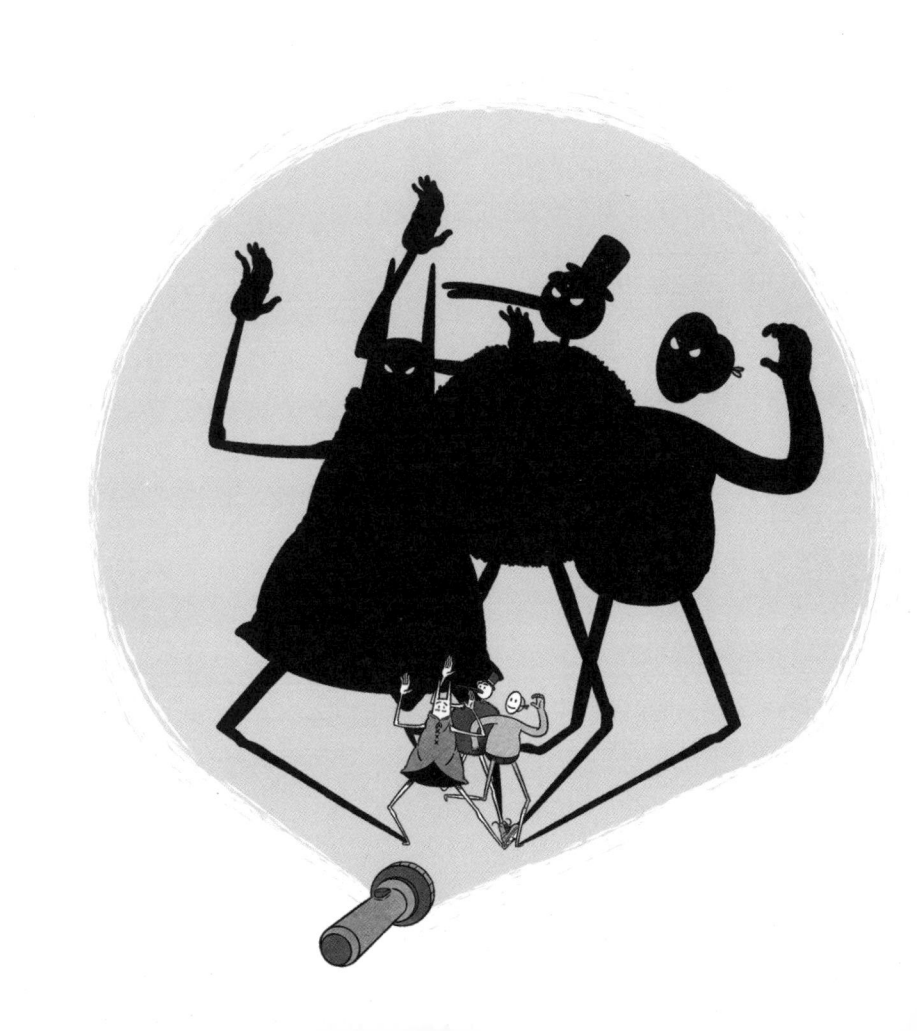

LA DUDA OFENDE

伤人的焦虑

起初，它们总是在夜里向我发起进攻。

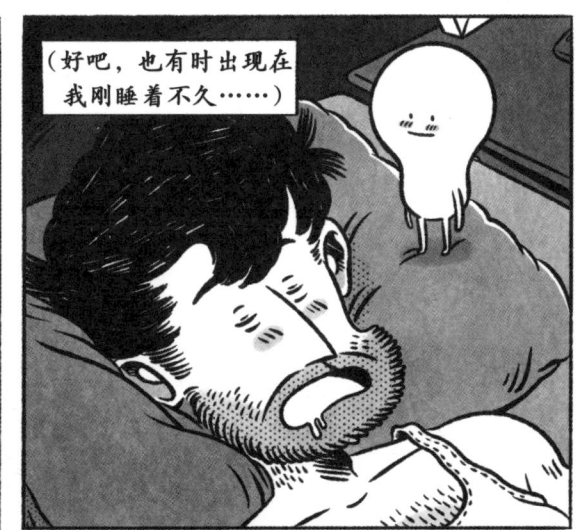

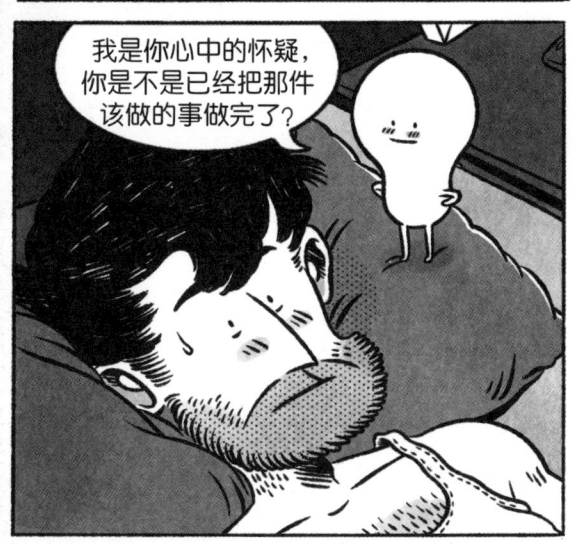

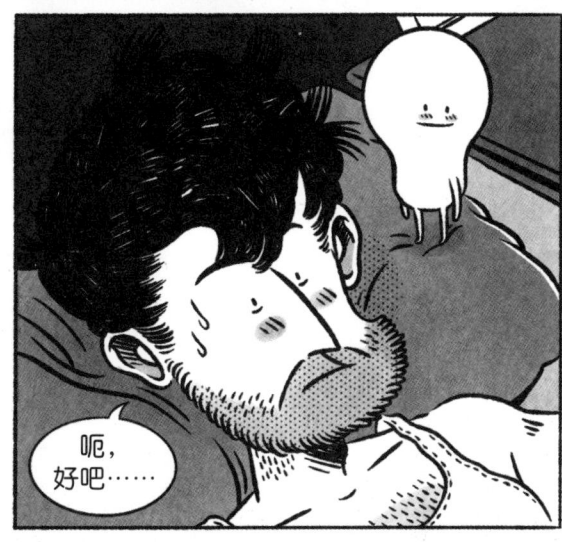

它们往往正好在我入睡前出现。	（好吧，也有时出现在我刚睡着不久……）
晚安。 ？	你是谁？
我是你心中的怀疑，你是不是已经把那件该做的事做完了？	呃，好吧……

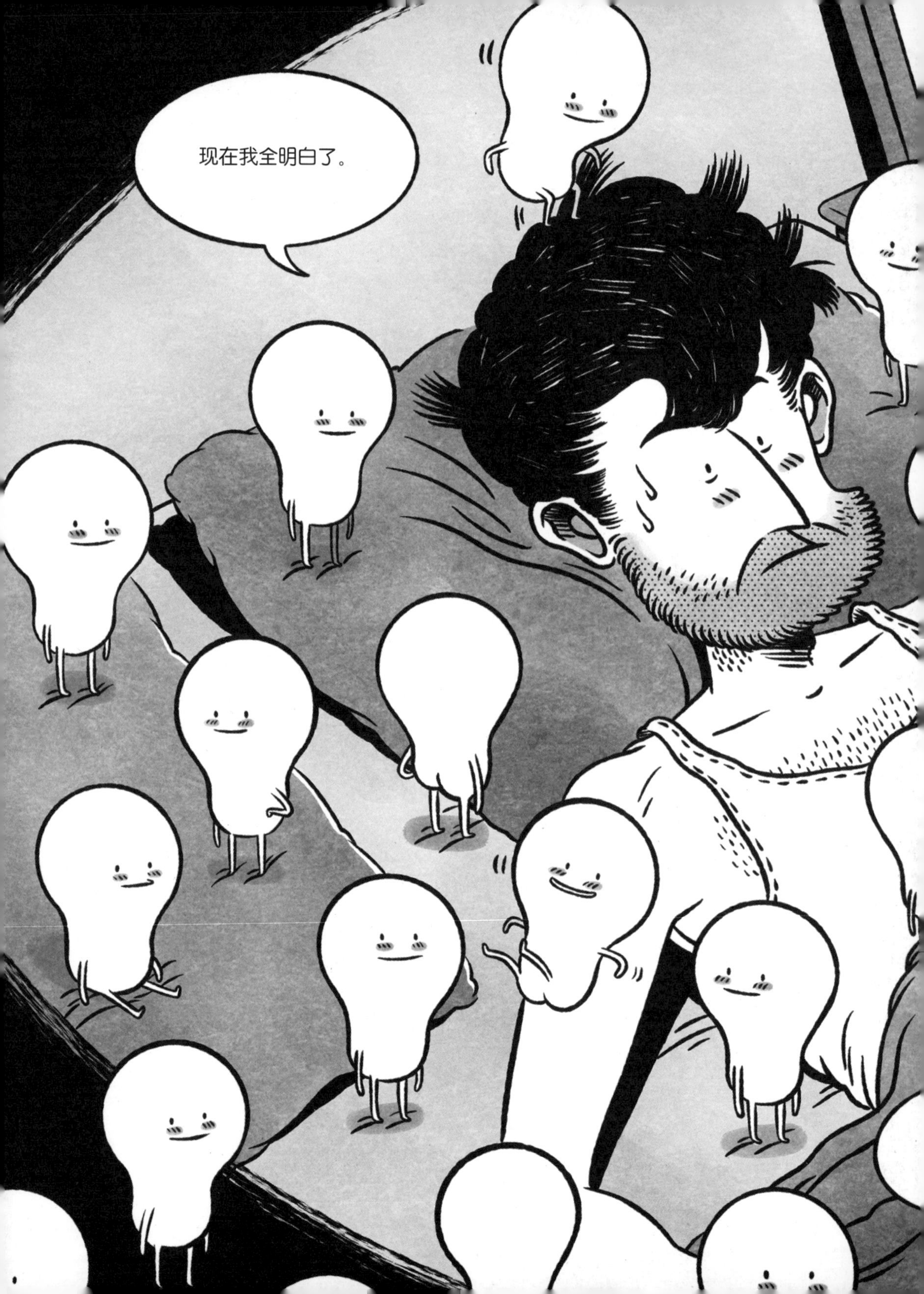
现在我全明白了。

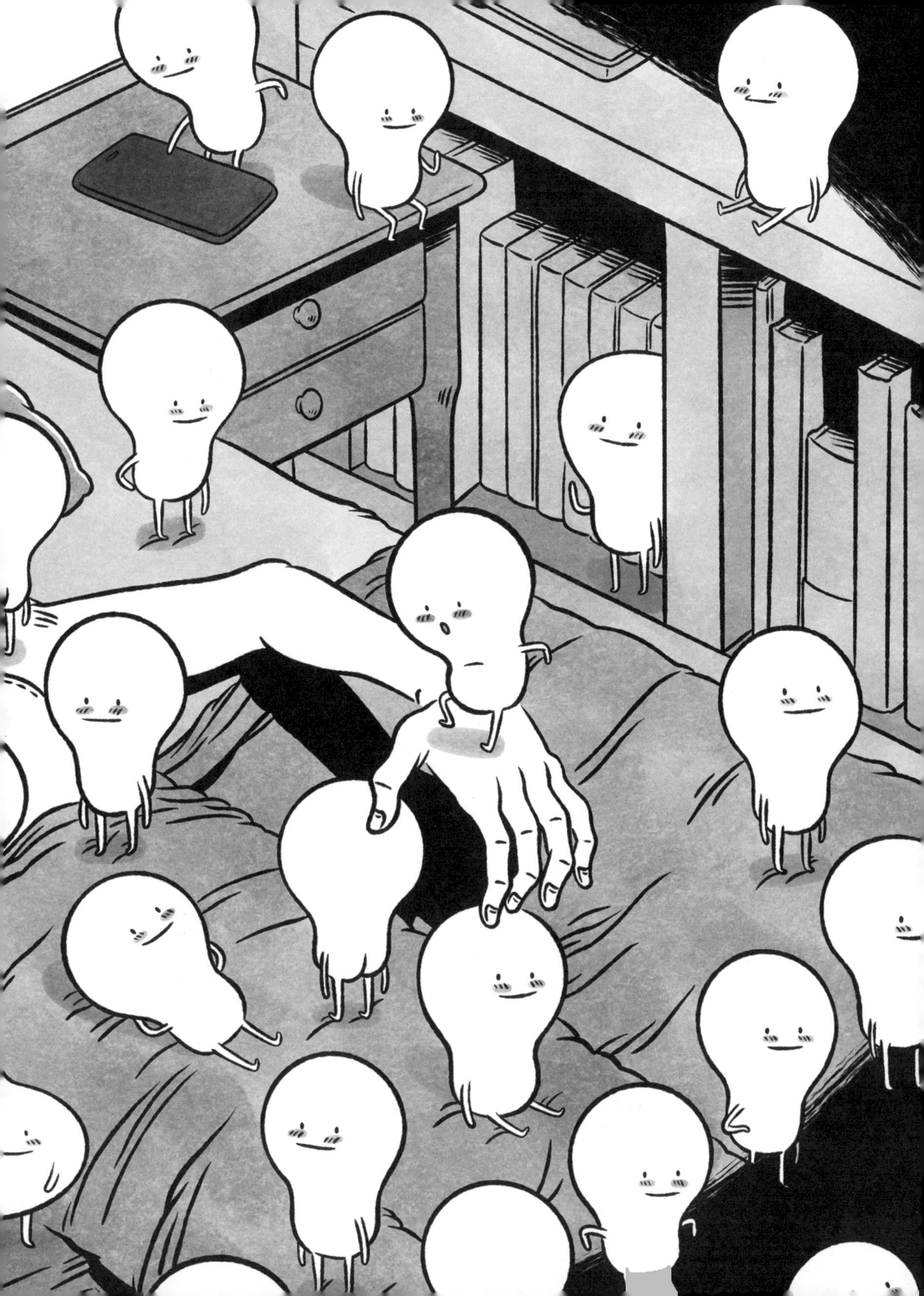

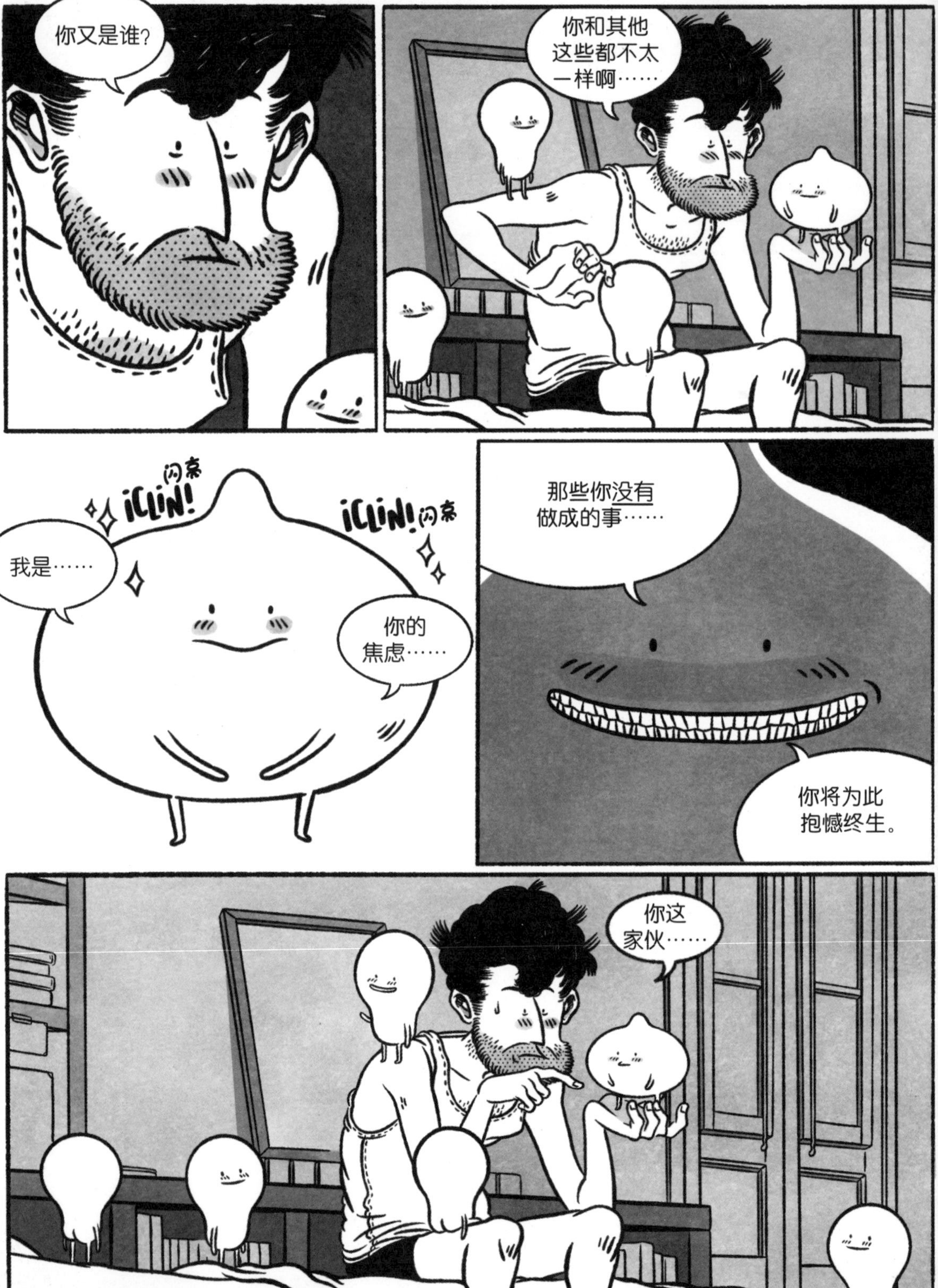
你又是谁?
你和其他
这些都不太
一样啊……
¡CLIN!
闪亮
¡CLIN!
闪亮
我是……
你的
焦虑……
那些你没有
做成的事……
你将为此
抱憾终生。
你这
家伙……

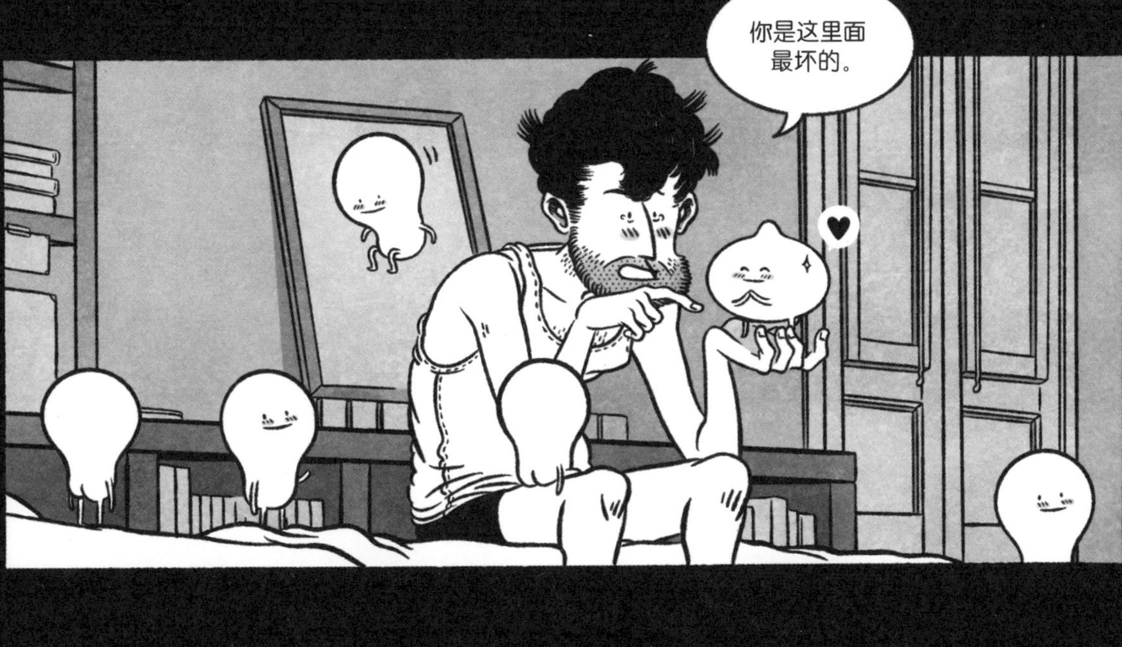
你是这里面
最坏的。

VENDIDO AL MEJOR IMPOSTOR
卖给最好的骗子
MMM...
唔……
收件箱（0）
一封邮件都没有，嗯？
邮件
搜索
写邮件
收件箱 0
重要邮件
已发送
未读
看来你也有高光时刻……
然而，现在已是一去不返。
这肯定跟你们这些家伙有关！
你是怎么从“希望之星”一下变成“明日黄花”的，完全跳过了中间的辉煌？
啪
¡ZAS!
你看“那谁”，他干得多红火啊……点开他的主页瞅瞅！

各种活动忙个不停……他的收件箱肯定是满满当当的! 这让我想起了几年以前的你……	好吧,够了!
人各有路……　不以物喜,不以己悲!	重要的是向前看…… 而不是环顾四周去和人比较。
¡PLAS! ¡PLAS! ¡PLAS! 厉害,说得好啊……	¡GRR! ole ole "那谁"肯定能比你说得更好…… 它总要在最后多嘴一句。

11:03
en línea
HOY
嗨！今天咱们干点
什么吧？
19:31
好啊，算我一个。
19:32
"LO QUE QUIE-RAS"
听你的

你想出去逛逛
还是一起宅在家里。
听你的！
咱们可以一起看个电影……
或者你要是愿意的话，咱们可以
来一场系列电影马拉松！
好啊，听你的！
你晚上想吃点啥？
咱们可以点披萨外卖，或者寿司！
你选吧，听你的！
¡GGRR!
呃呃
你知道么，你简直……
跟他说吧……
嘀嘀嘀
¡TIC!
¡TIC!
¡TIC!
嘀嘀嘀
嘀嘀嘀

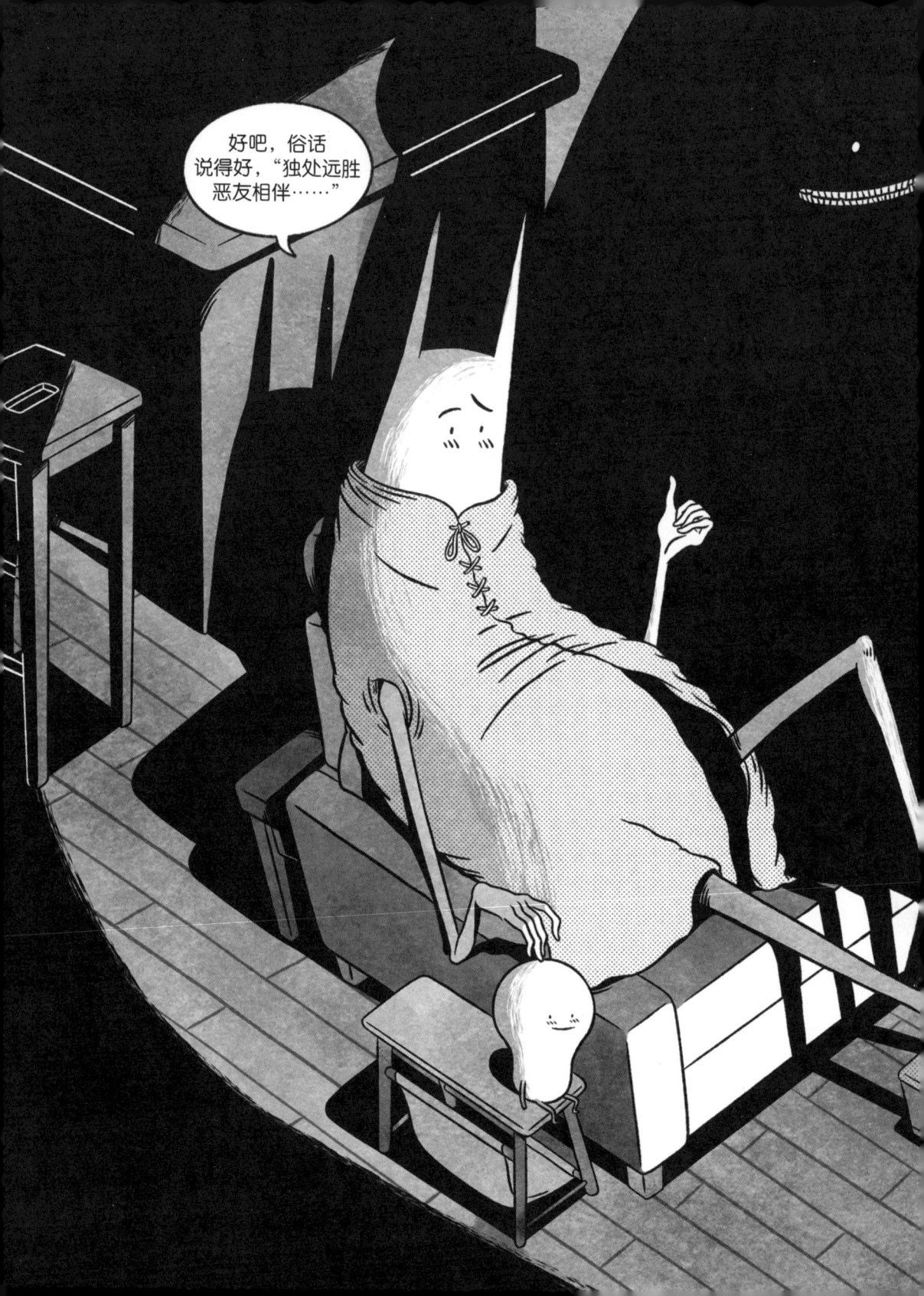

好吧，俗话说得好，"独处远胜恶友相伴……"

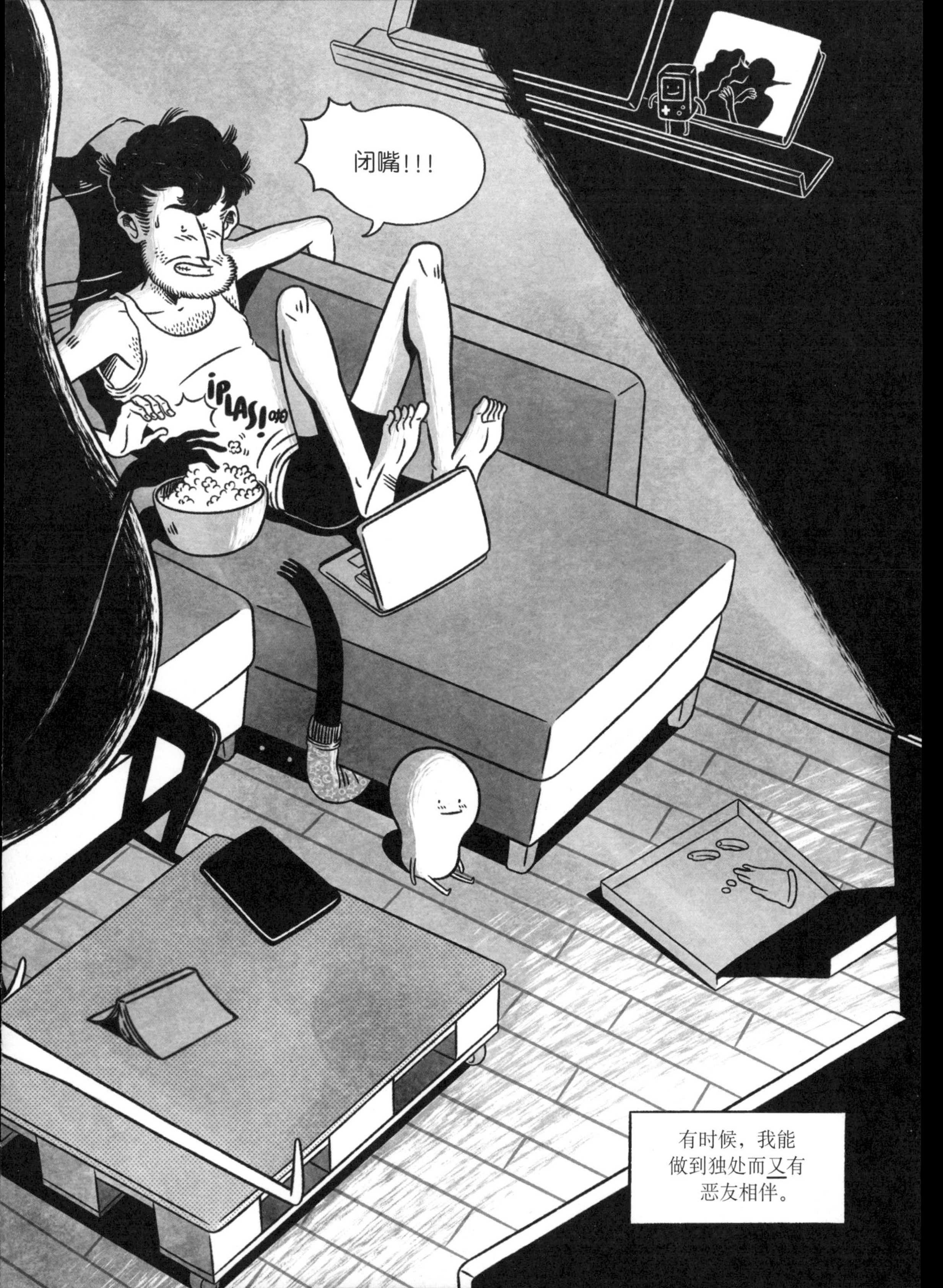
闭嘴!!!
¡PLAS!
有时候，我能做到独处而又有恶友相伴。

周五是塞尔吉奥的生日，他要在家里开个派对。
周一
这个聚会很不错，我能见到所有朋友。
那么，
我要去。
ATASCADO
拖延症

周二
我要去。
HUMAN TIMES
MONSTER DAILY
周三
我一定要去!
¡FRUS, FRUS!
唰唰
周四
我……
要……
周五
塞尔吉奥？对，是我。
我今晚不去了。我被一件事
拖住了，我抽不开身。
对，真是
不好意思……

"一件事"

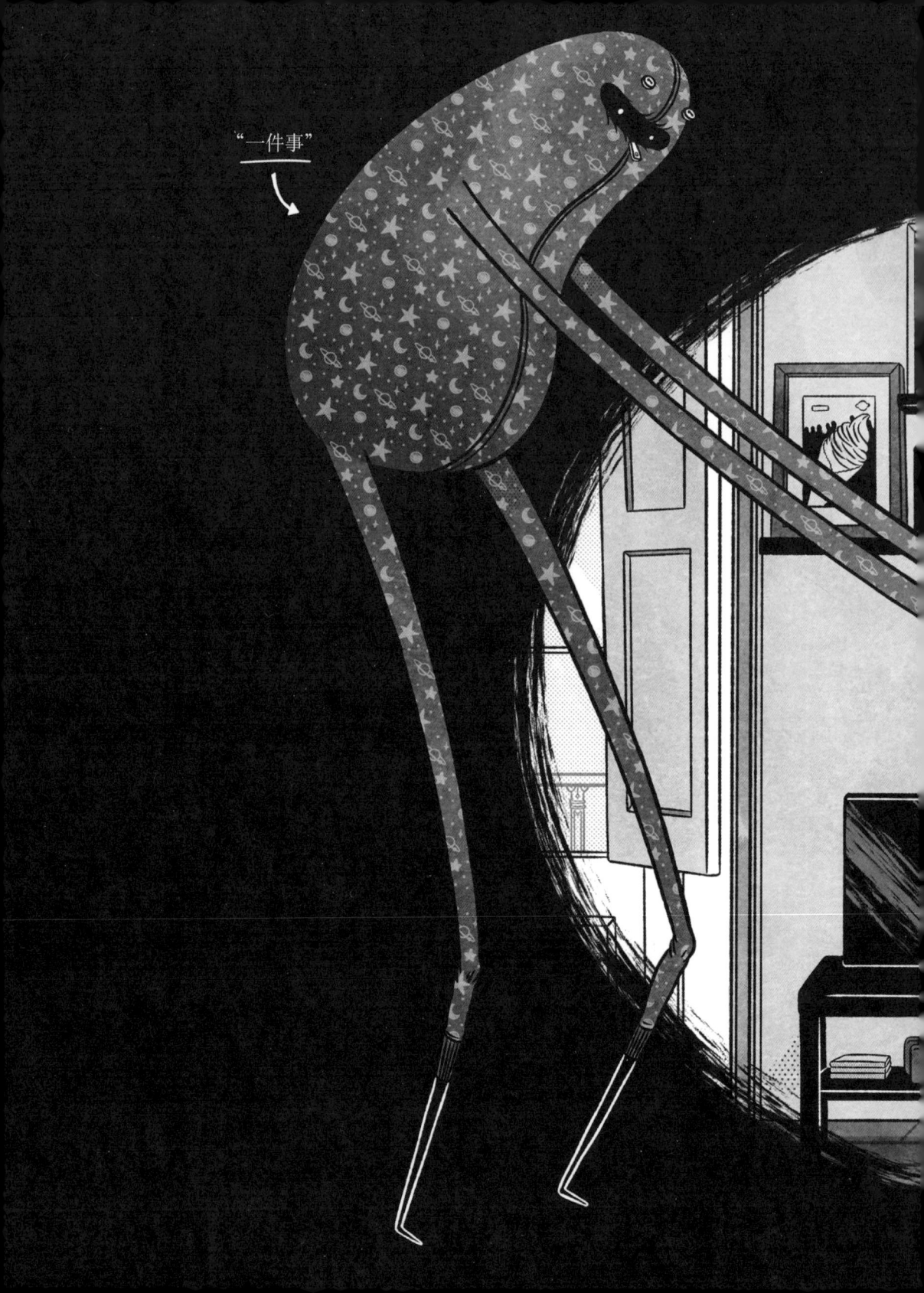

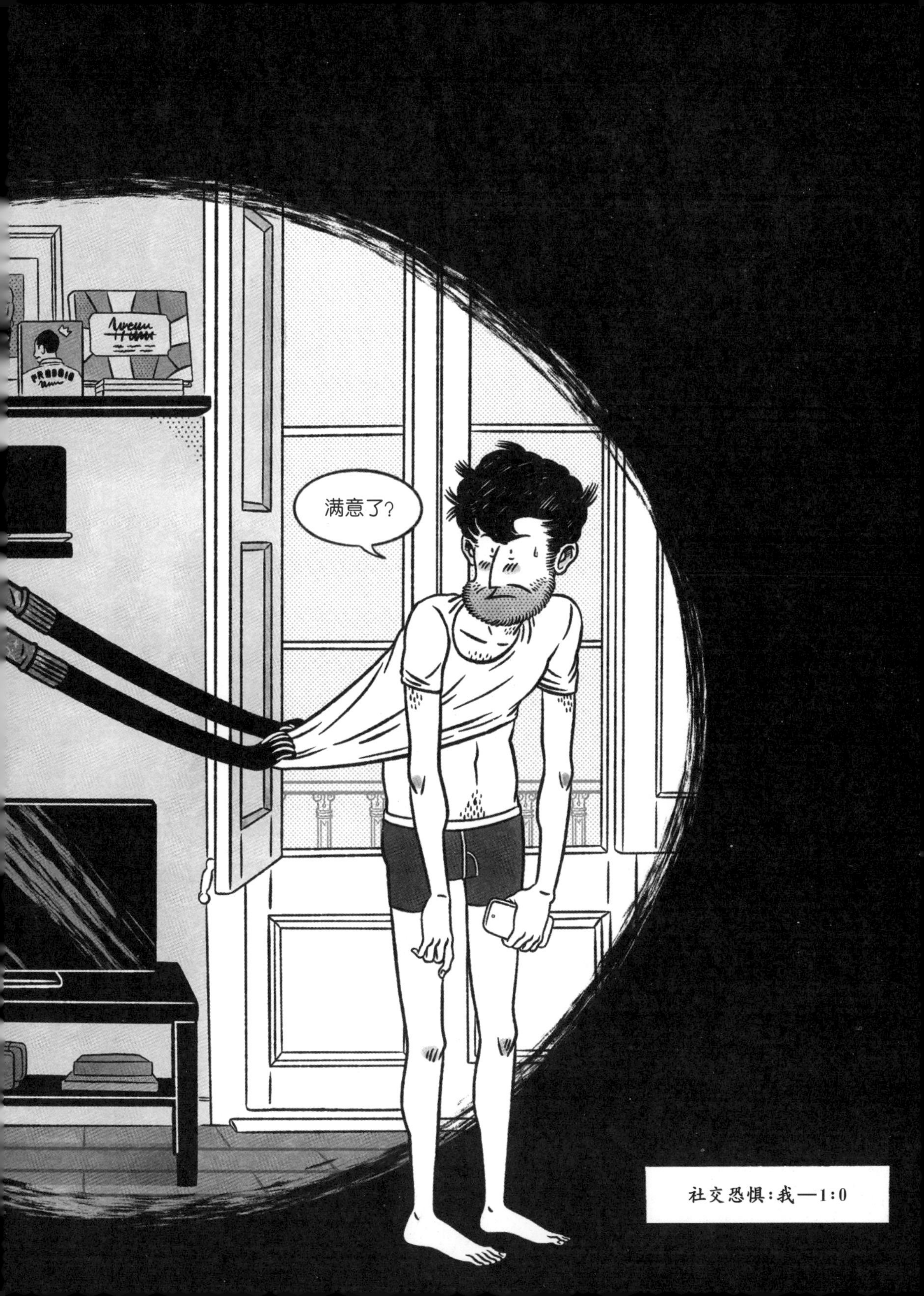
满意了？
社交恐惧：我—1:0

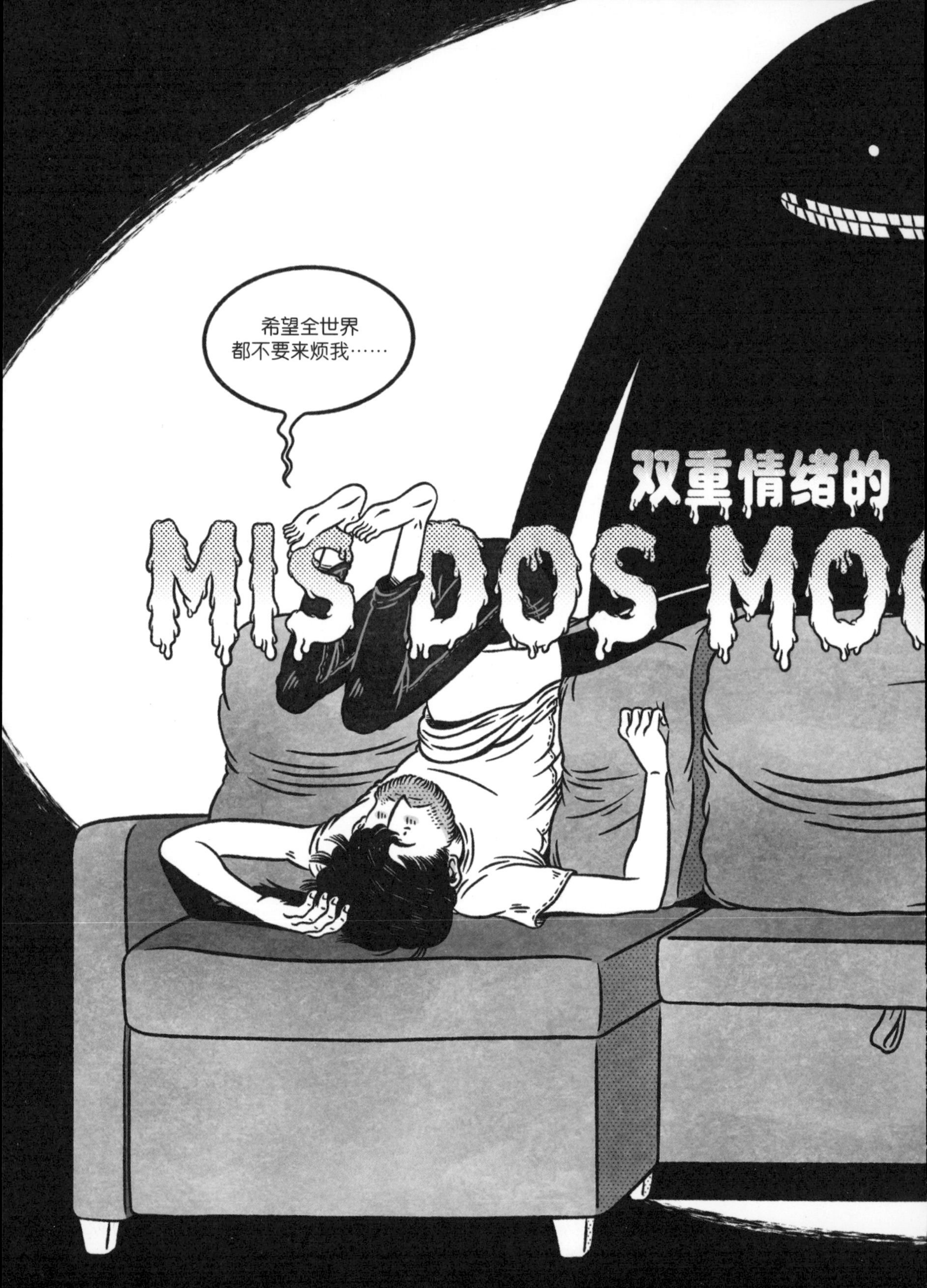
希望全世界
都不要来烦我……
双重情绪的
MIS DOS MOO

无尽拉扯

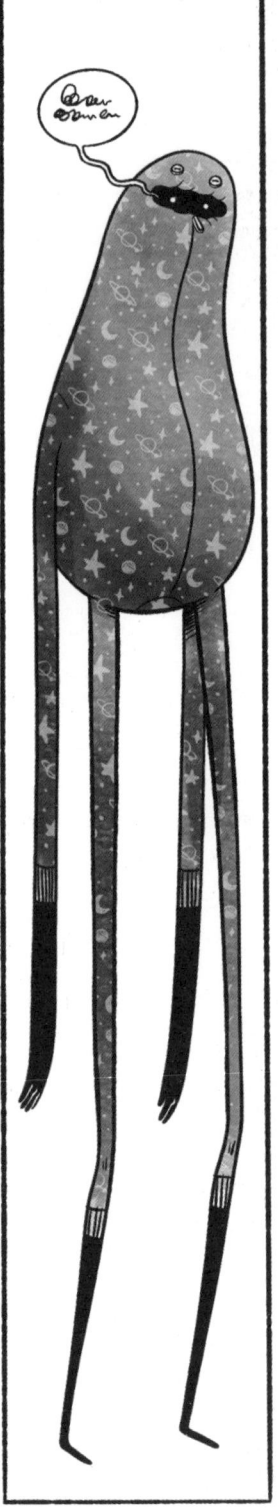

未来恐怕是令人愁苦的，所以最好现在就陷入担忧。这就是我为什么在这里……

我是跟他一起搬来了巴塞罗那……

自那之后我们就从没分开过。

我就像是他的贴身保镖，只是起不了什么好作用。

虽然我总是让他更加为难。

但我猜中的时候总是多一些。

¿VOSOTROS DE DONDE $#&%! SALÍS?

你们这些家伙都是从哪儿$#&%!蹦出来的？

我差不多是
在他签下第一份
合同时来的。
自那之后，
我的任务就是提醒他，
早晚大家都会发现
他是一个滥竽充数
的骗子。
我想不起来
第一次出现是什么
时候了……
但我一到就让他
明白，一切都完了，
我也无能为力……
我总是
不请自来。
看起来要
下雨了……
关于我的部分
见下一页。

小时候，我家附近的商店橱窗里，摆着一个让我为之着迷的玩具。

每当我走过那里，我都会忍不住盯着它看。

它是我见过最不可思议、又最让人感到不安的玩具。

一只永不停歇的喝水鸟。

彼时我还理解不了它的原理……

对我来说，它就是魔法。

在我的想象中,它就在我的房间里死死盯着我看……

一刻不停地摇晃着脑袋,点头喝水。

有一天,妈妈跟我说,你要是这么喜欢它,就买一个吧。

什么呀!不用!*

来吧,咱们走……

* 我天,吓死我了。

童年中的部分经历会永远铭刻在你脑中。

可是为什么它一喝就不停下来呢?

有些事会变成甜美的童年回忆,而还有一些……

会变成陪伴你
一生的微小创伤。
可是你怎么一喝就停不下来呢?!!
能给我再来一瓶吗?
可你已经把酒都喝完了!
你还能下楼再去买，对不对?来吧，别那么小家子气……

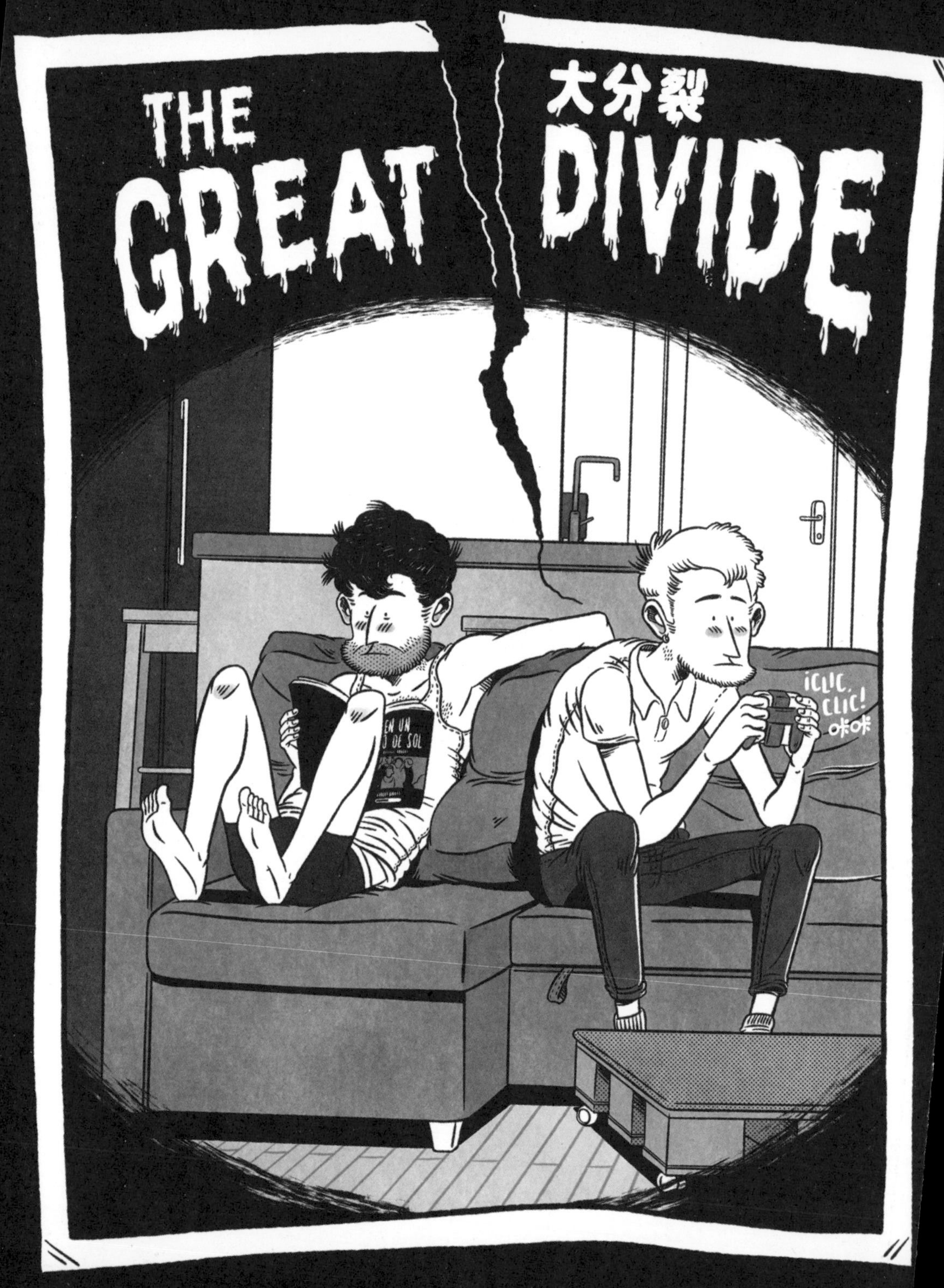
大分裂
THE GREAT DIVIDE
¡CLIC, CLIC!
咔咔

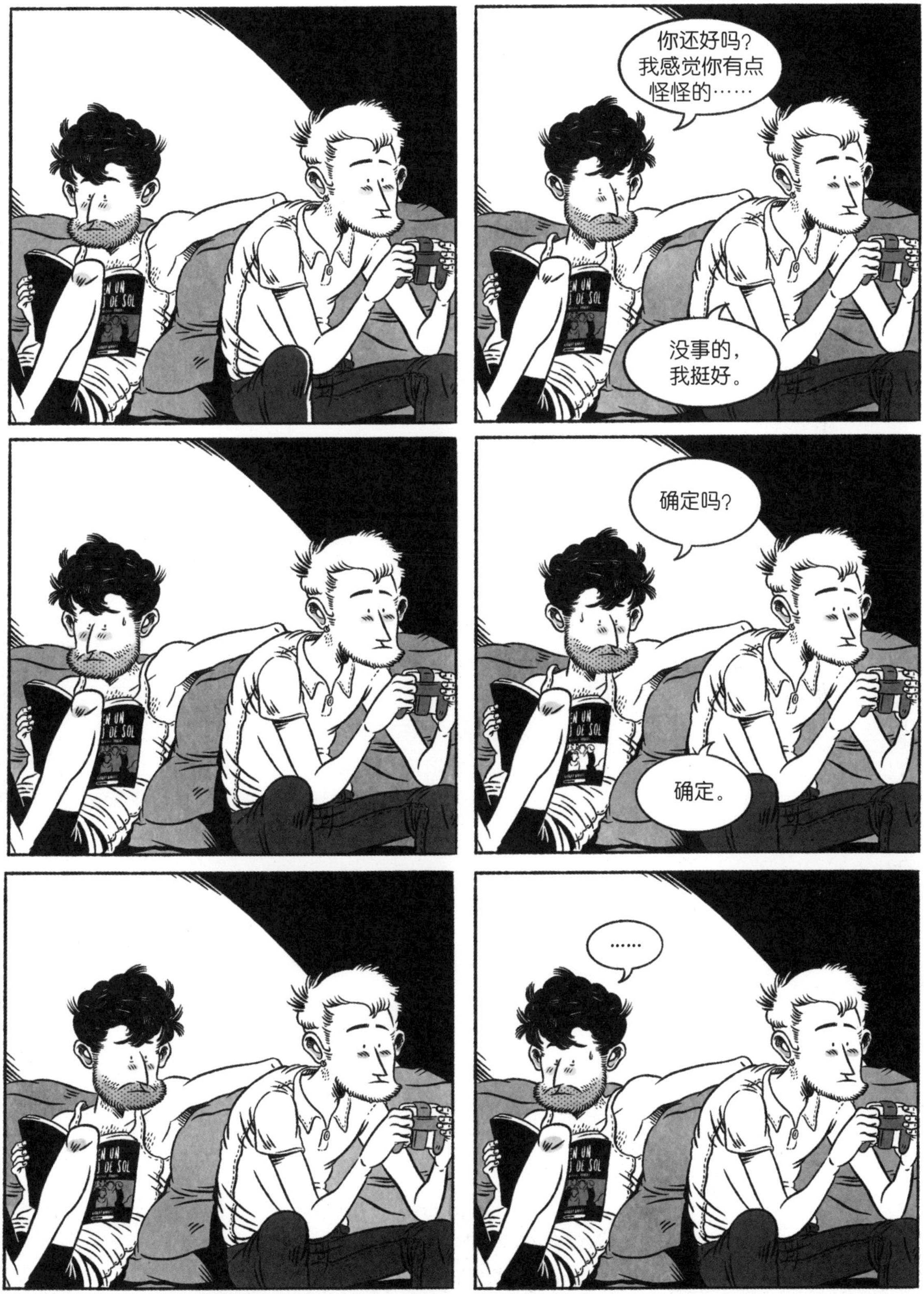
你还好吗？
我感觉你有点
怪怪的……
没事的，
我挺好。
确定吗？
确定。
……

那天发生了一场微小的地震，

大地震颤着分裂成了两块，

我们各居其一，

隔着一道深渊。

TRISTEZA
悲伤

永远不要敷衍一个跟你说他很难过的人……

不要应付他,说些诸如"你应该做的就是好起来"这种话。*

*相信我,这种话他已经听到耳朵生茧了。

也不要跟他说,他没有理由感到难过。

悲伤的问题就是如此,

即便你觉得感到难过的理由并不真实……

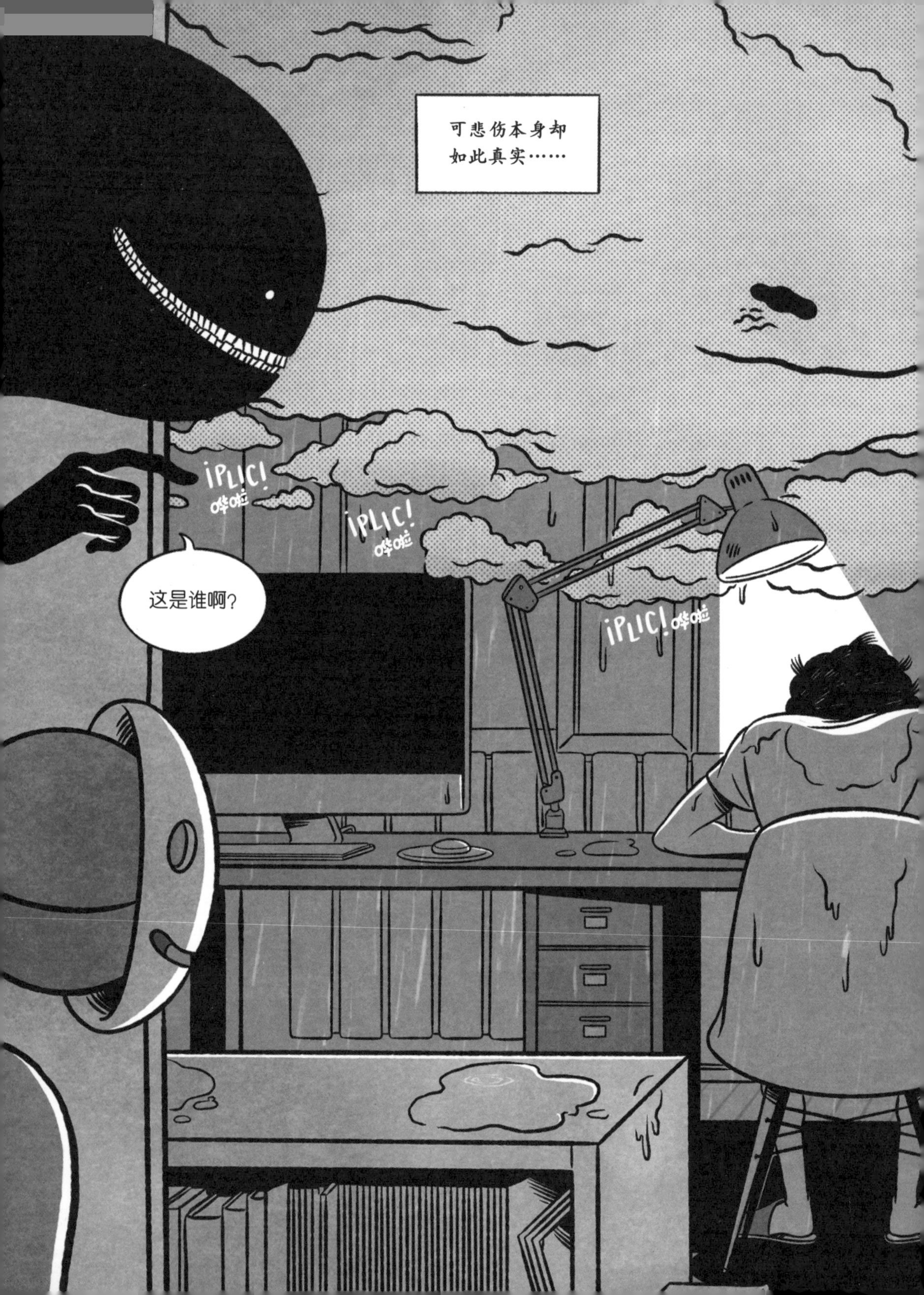

可悲伤本身却
如此真实……
¡PLIC!
哗啦
¡PLIC!
哗啦
这是谁啊?
¡PLIC!
哗啦

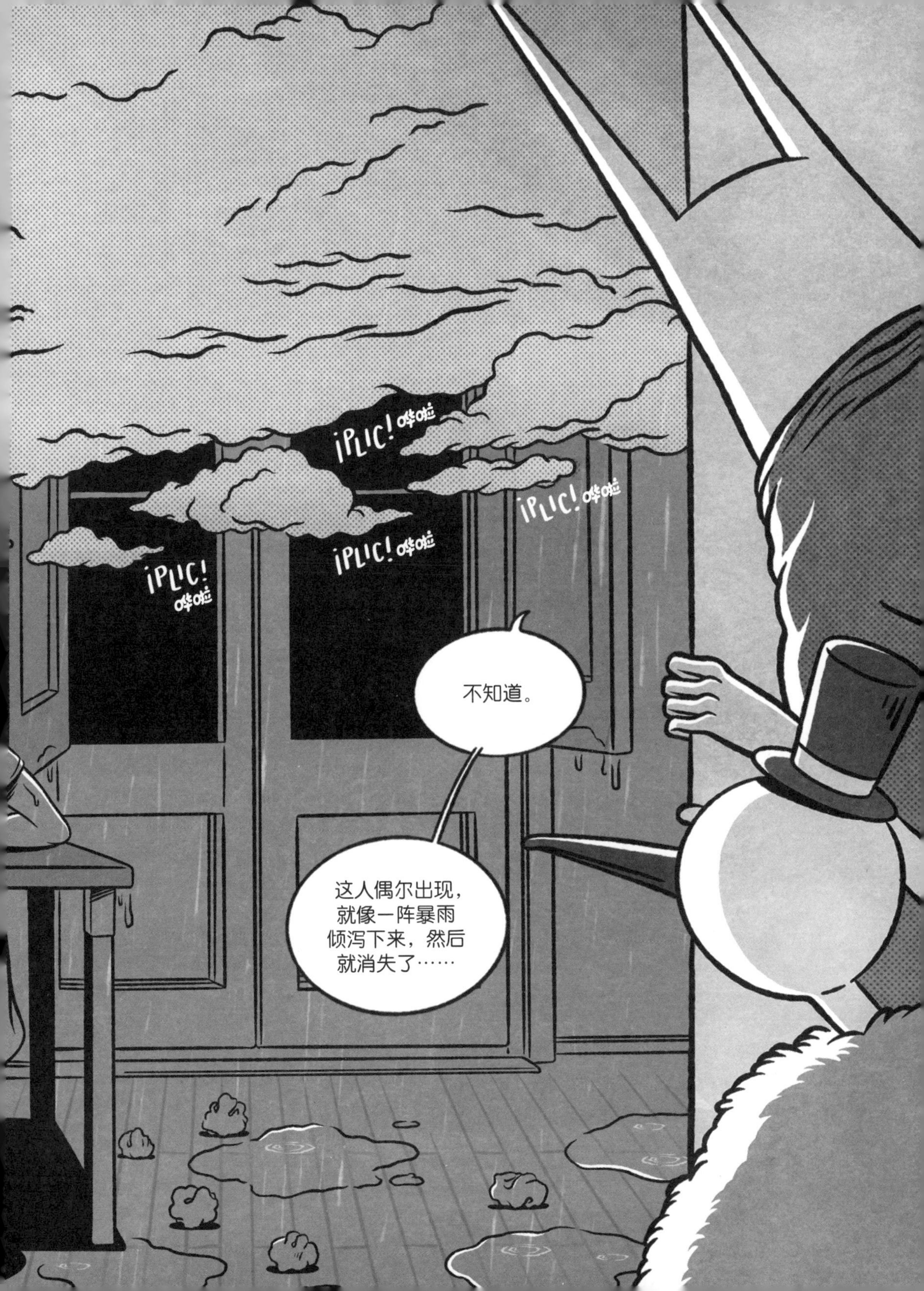
¡PLIC! 哗啦
¡PLIC! 哗啦
¡PLIC! 哗啦
¡PLIC! 哗啦
不知道。
这人偶尔出现，
就像一阵暴雨
倾泻下来，然后
就消失了……

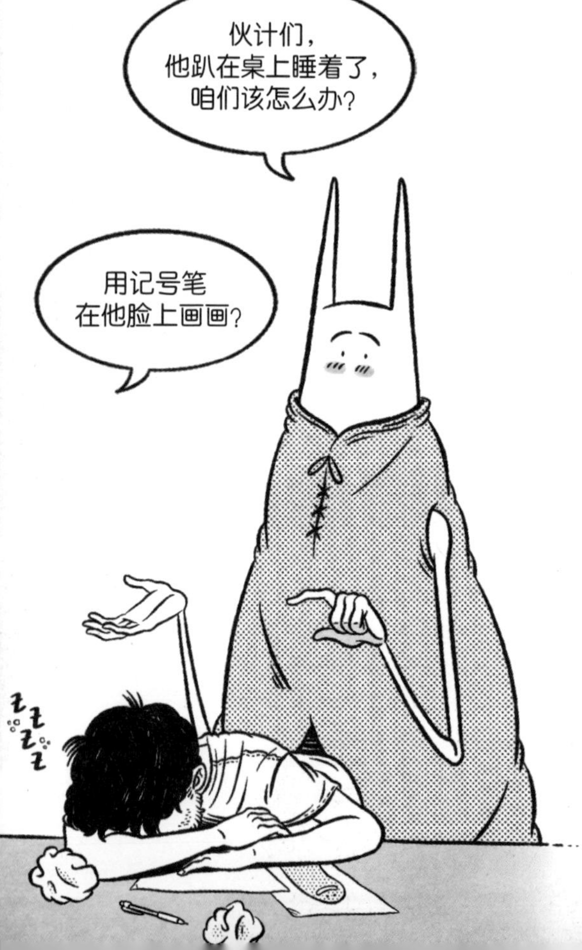
伙计们，
他趴在桌上睡着了，
咱们该怎么办？
用记号笔
在他脸上画画？

这是什么?

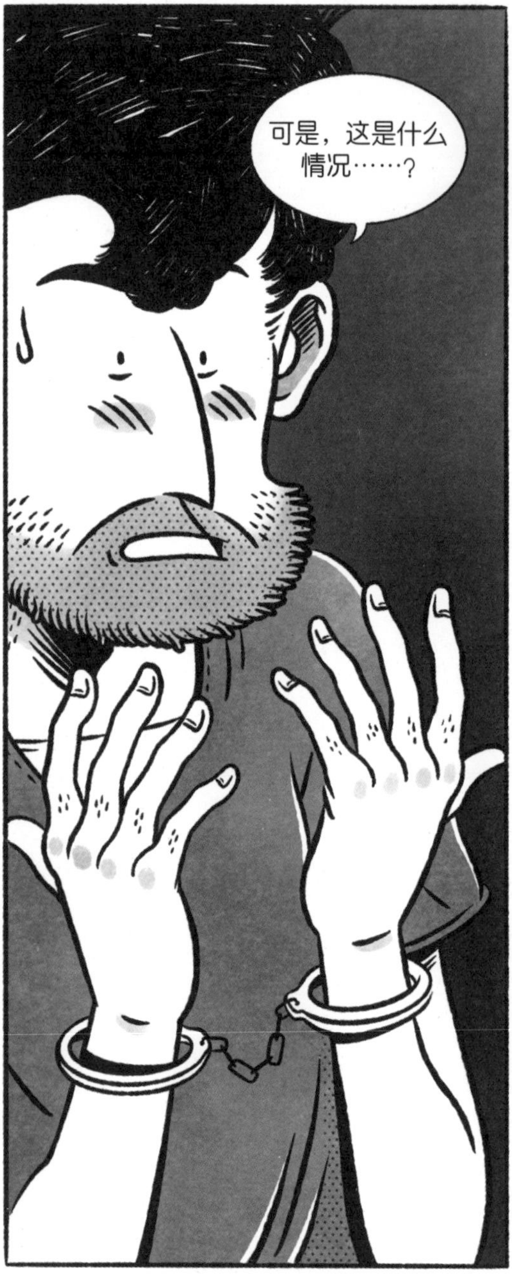
可是，这是什么情况……？

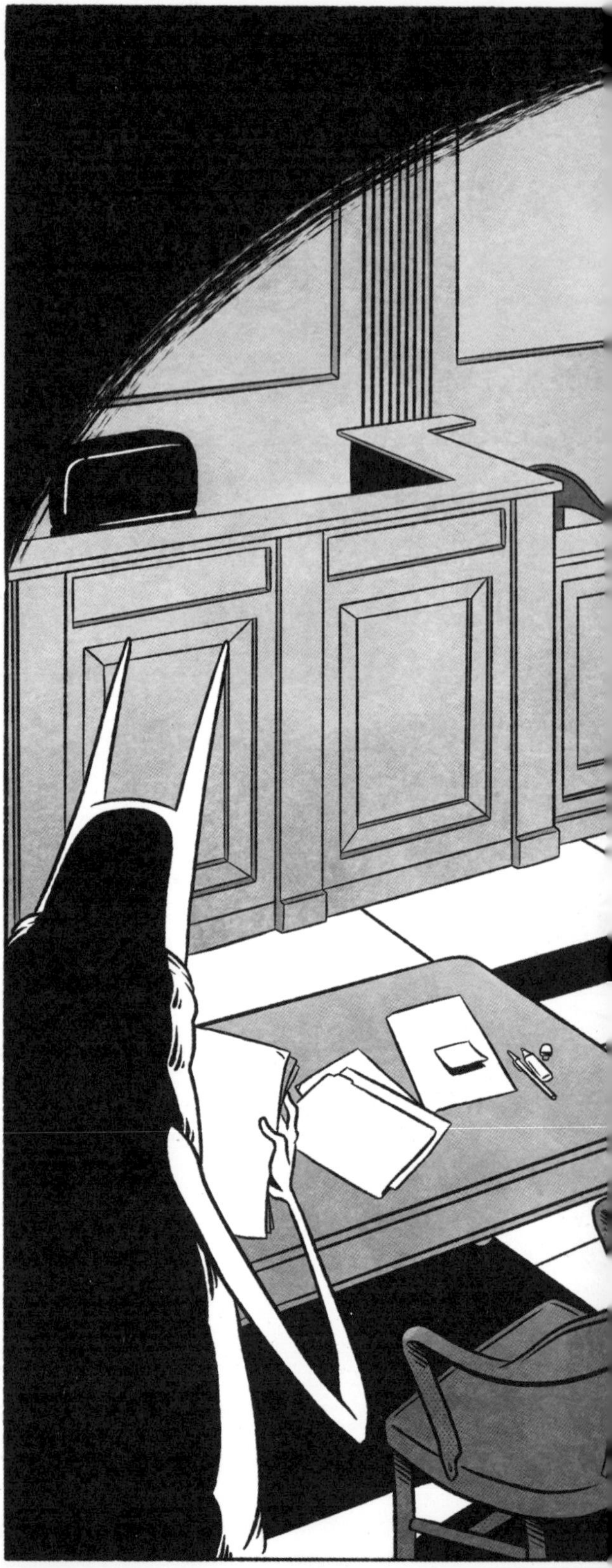

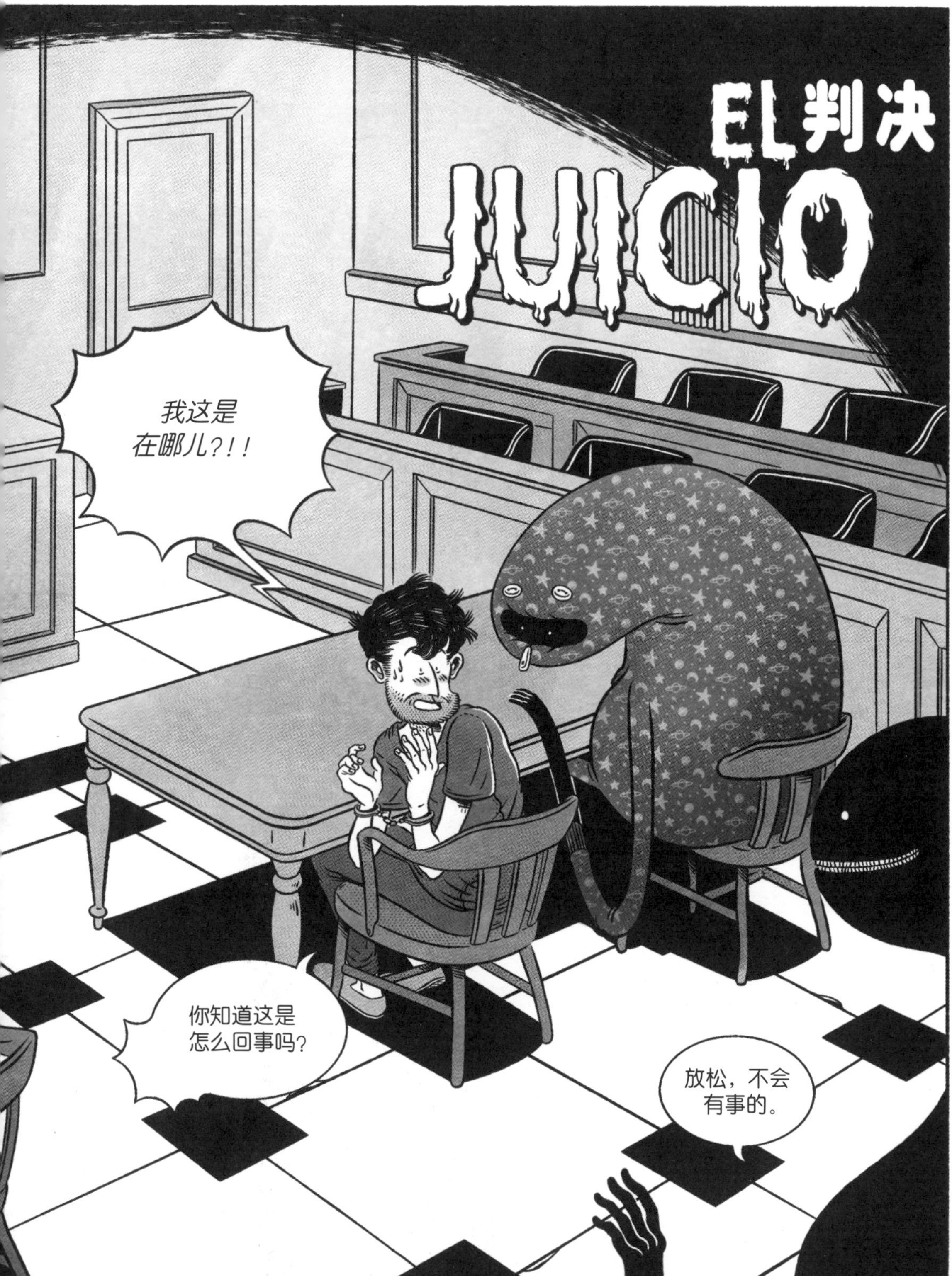
EL判决
JUICIO
我这是
在哪儿?!!
你知道这是
怎么回事吗?
放松，不会
有事的。

可是，是你不会有事还是我不会有事？* 这个我们现在还说不好……	他这么聚精会神地干什么呢？

* 出坏事归我，好事就归他。

他觉得如果这本漫画成功大卖，他就会消失，所以他对自己的角色很上心……

全体起立！！！

¡AAA AHH! 叽叽叽叽

这位不会就是法官吧……

¡GLUPS!

哪儿啊，他是法警。他人特别好，我还跟他一起去练瑜伽呢。

喃 你好
¡EY! ¡HOLA!
但这些是谁啊？有几个看着眼熟，余下的几个就……
好了，好了，快点吧。
我今天还没顾上打开Instagram呢，我还有好多事要忙活呢……
尊敬的法官阁下！
嗯，嗯，把门关上吧，有风。
你就是法官？
不然还能是谁？咱们都认识这么多年了。
来吧，让我们瞧瞧今天这又是哪一出……案件编号270681……

全世界控告你！
¡ZAS!
飒
可我什么也没干啊！
问题就出在这里，你什么都没干……
阁下，我指控此人一生碌碌无为！
这和我们最初计划的未来不一样！
嘿，谁会把那玩意儿当真啊……
这难道不是因为我们对这个小伙子寄予了太高的期望？
或许我们应当降低期望……
¡PRO-TES-TO!
我反对！

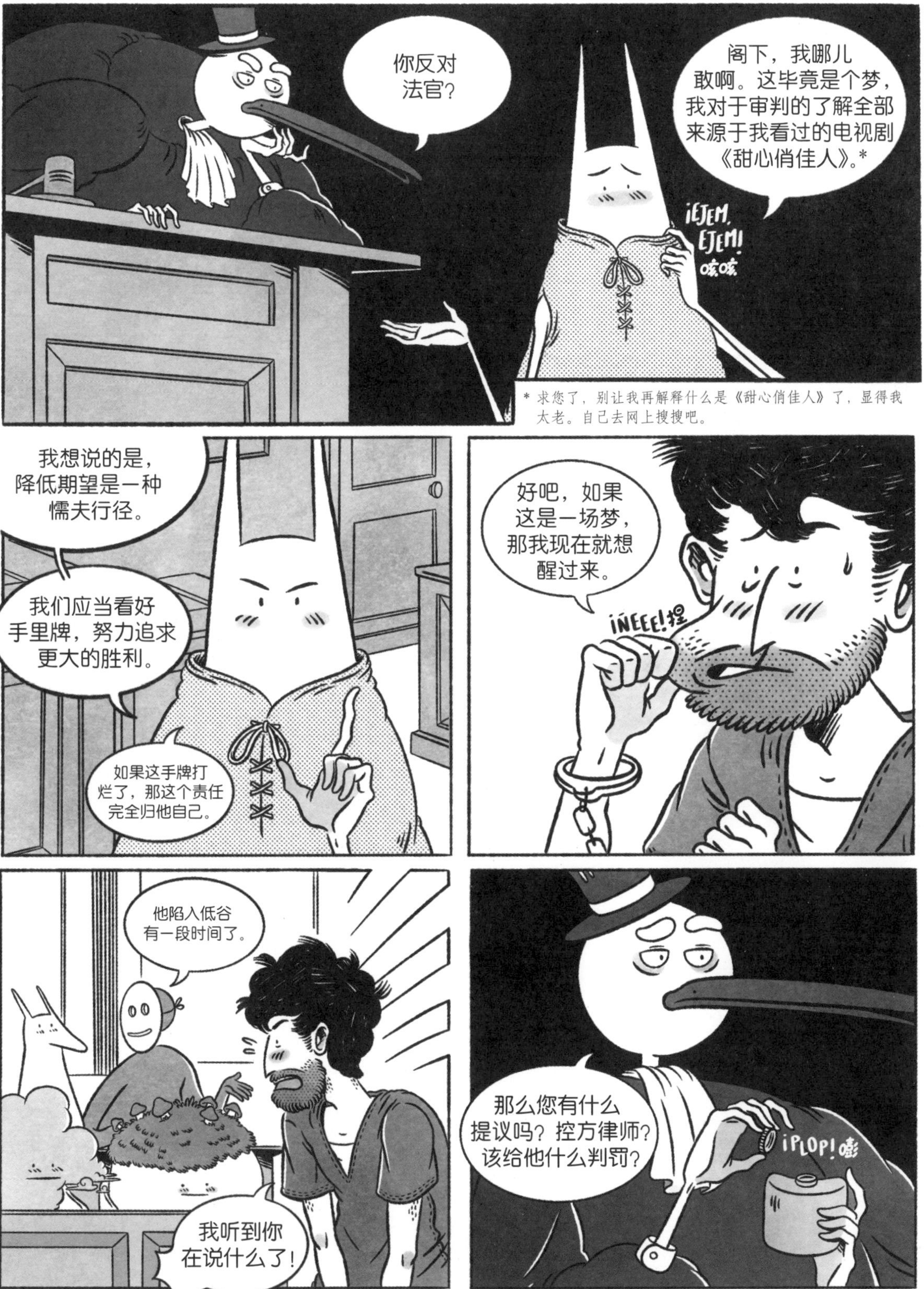

* 求您了，别让我再解释什么是《甜心俏佳人》了，显得我太老。自己去网上搜搜吧。

我提议
彻底改变。

也不同于买皮夹克的那次……

但这和那次把头发全部染白不同……

多谢指教……

一次对生活的**真正改变**。

我都明白,最近这一段时间,各种事情进展都不顺利,但是……我能做什么呢?

没法换工作,也不能换一个城市……

我的生活全部都在这里了!

但是，这是什么样的一种生活呢?

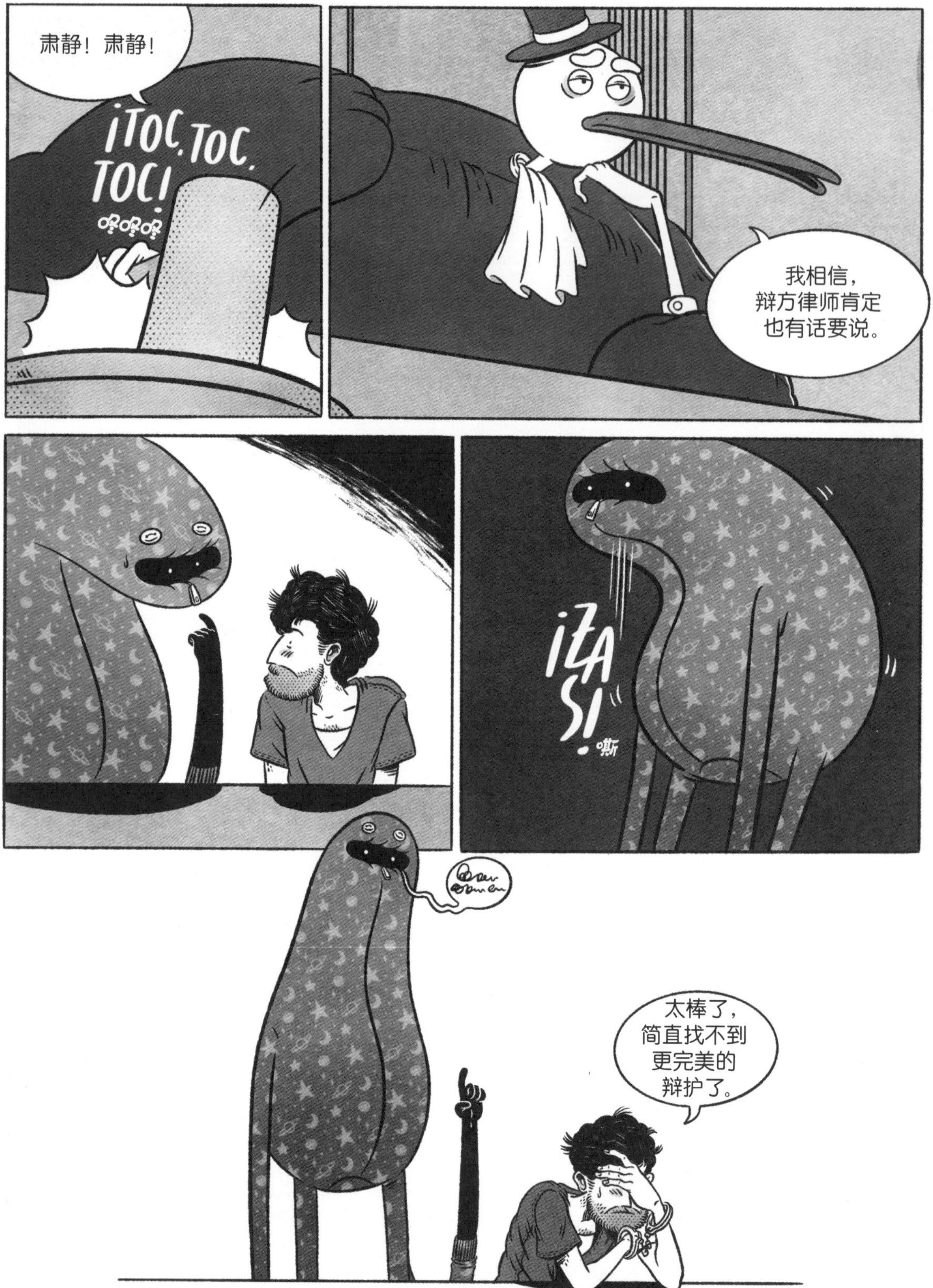

肃静！肃静！
¡TOC, TOC, TOC!
我相信，辩方律师肯定也有话要说。
¡ZAS!
嘶
太棒了，简直找不到更完美的辩护了。

阁下，被告彻底违背了他向我们承诺的每一件事。
你在三十岁前要申请的房贷呢？
你要在职场出人头地的承诺呢？
ICH OF! 戳
ICH OF! 戳
更不用提本应随年龄增长而逐步增强的“源于自身的安全感”……
ICHOF! 戳
不但如此，甚至在感情方面被告都没有去维持关系……！
确实如此。
我想说的是，阁下，这里坐着的被告，就是一个……

一个骗子!!!

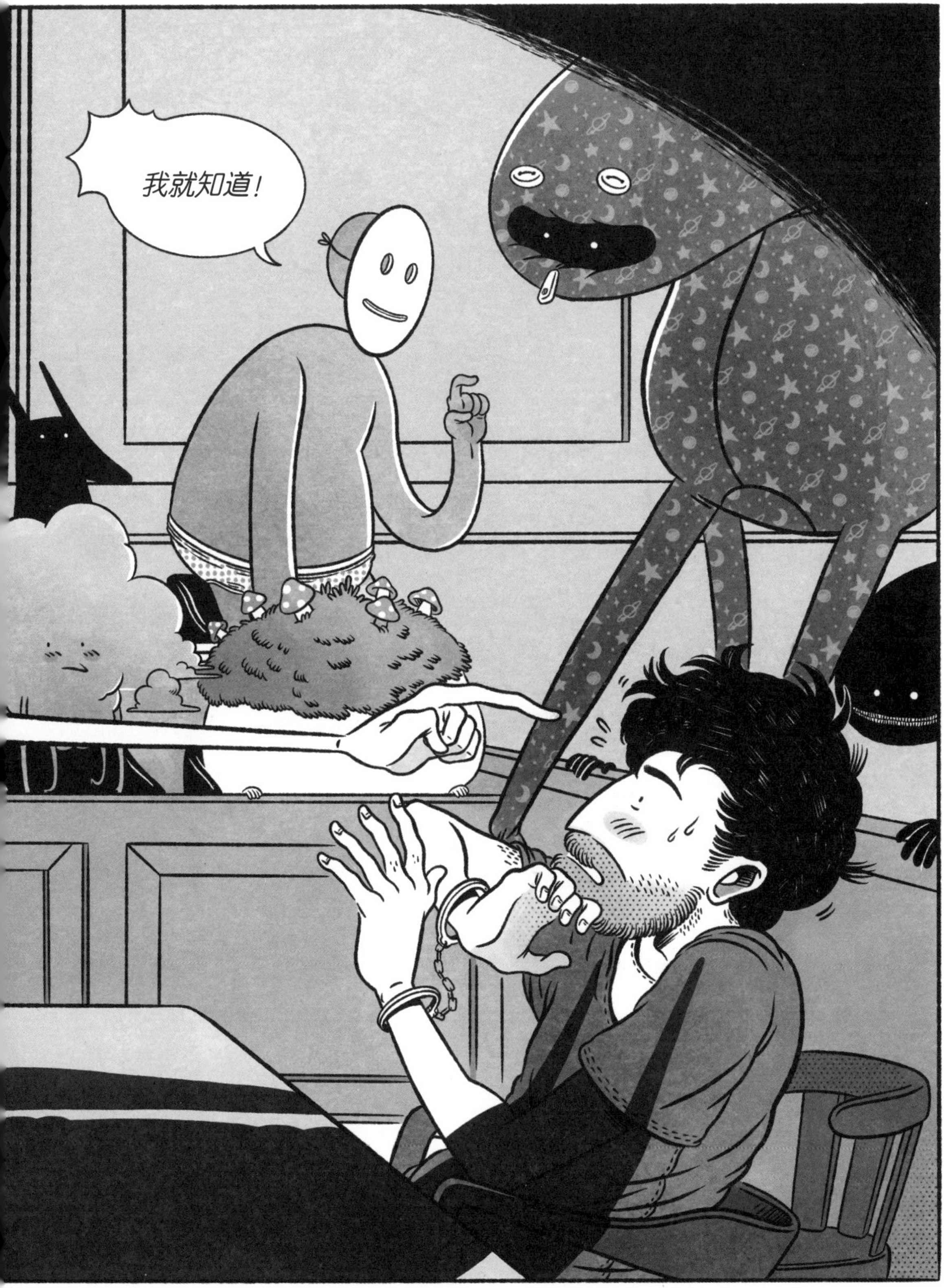
我就知道！

¡ZAS!唰
尊敬的陪审团，
问题不在于我们的
期望是否过高。
而是被告未能分清
存在与……
生活。
¡MIC DROP!摔麦
我说完了，阁下。
¡PLAS!啪
¡PLAS!啪
¡PLAS!啪
¡PLAS!啪
¡PLAS!啪
¡PLAS!啪
¡PLAS!啪
¡PLAS!啪
¡PLAS!啪
¡PLAS!啪

法庭上必须保持肃静！我请求陪审团不要只为控方鼓掌。至少要装一装！

我看到被告的头垂下去了。被告还好吗？

还有你，立刻把法槌给我还回来，我现在只能用酒壶来替代了。

¡TOC, TOC, TOC! 咔咔咔

要说我现在感觉好不好……

¡OH! 噢

当然是不好！

自你出现之后我就没好过！

把我困住的不是这副手铐，而是你们！

有这种家伙天天站在我身边，完成清单上的任务怎么可能会容易呢！
我在本章中还没张过嘴……
还有你，总是在做长远打算，总是为那些都不一定会发生的事忧心忡忡！
然后是你，别以为我不认识你了，你是谁我记得清楚着呢。
你总是让我沉湎于过去，我根本就没办法朝前看！
如果过去是如此“现”在，那它就不是过去，而是现在！
?
听着像个绕口令，但是我听懂了……

我想说的就是，过去让我陷入烦恼……
未来又令我忧心忡忡……
我根本就不能将精力集中到现在！
你别说，他这话有点道理。
其实他快把自己逼疯了……
安静！
¡TOC, TOC, TOC!
自打你五岁开始，我就出现在你身边了，你现在想让我走吗？
至少也给我放放假……

本法官宣布，他犯有蔑视法庭罪！

把他带下去！！！

等等！

让我解释一下！够了！

够了！！！

¡BASTAAA

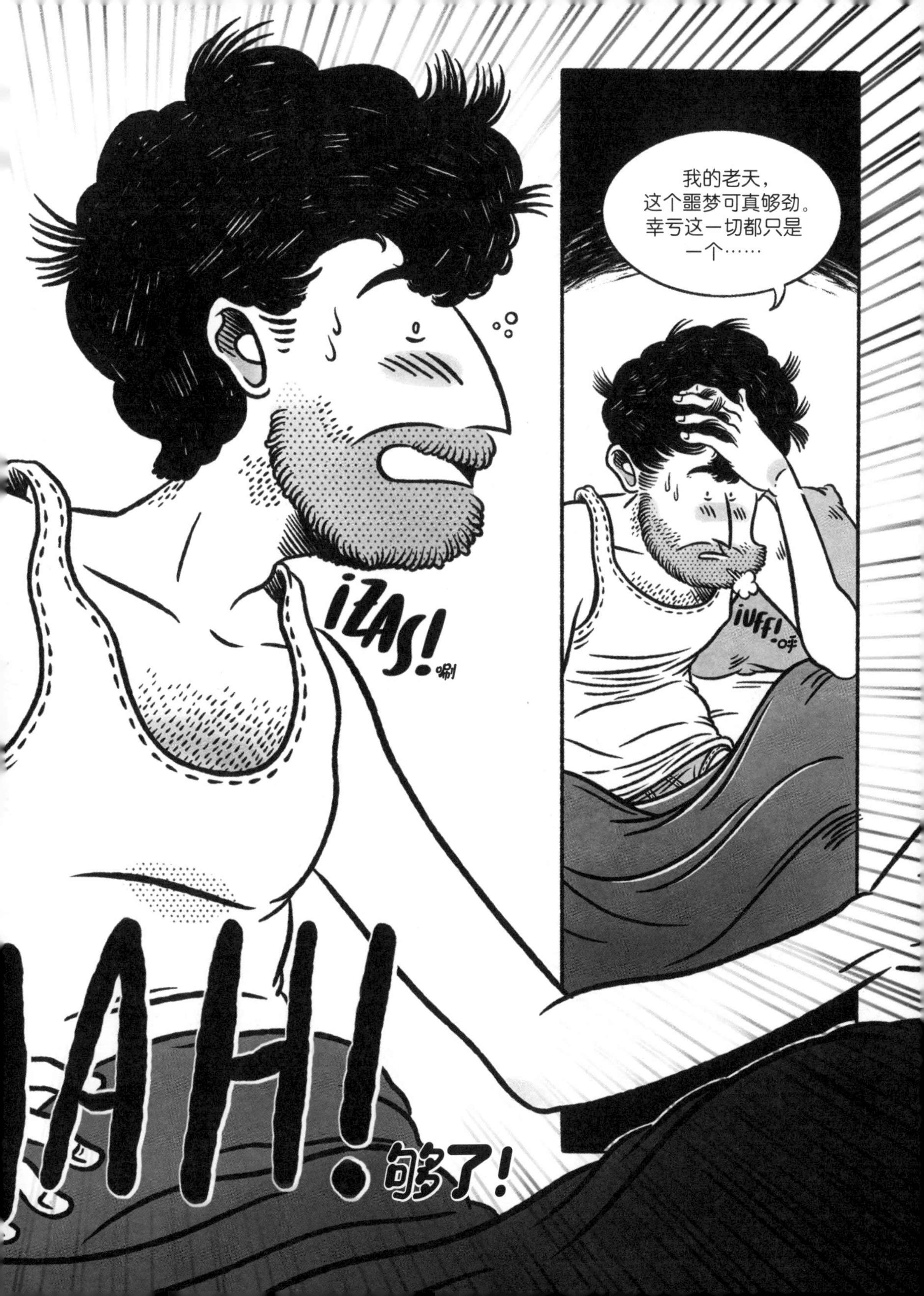

我的老天，
这个噩梦可真够劲。
幸亏这一切都只是
一个……
¡ZAS!
唰
¡UFF!
呼
AH!
够了!

梦。

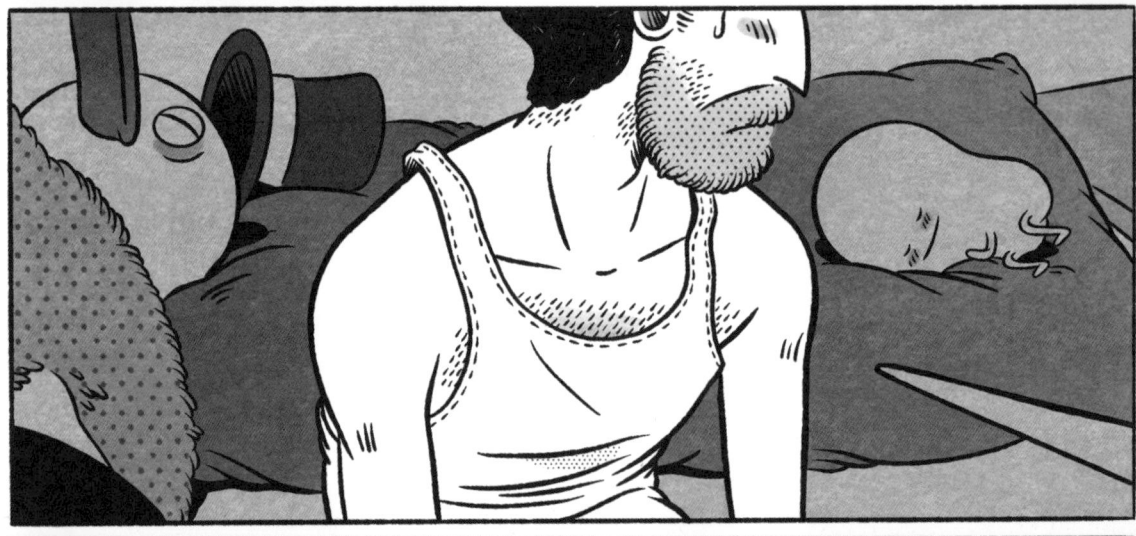

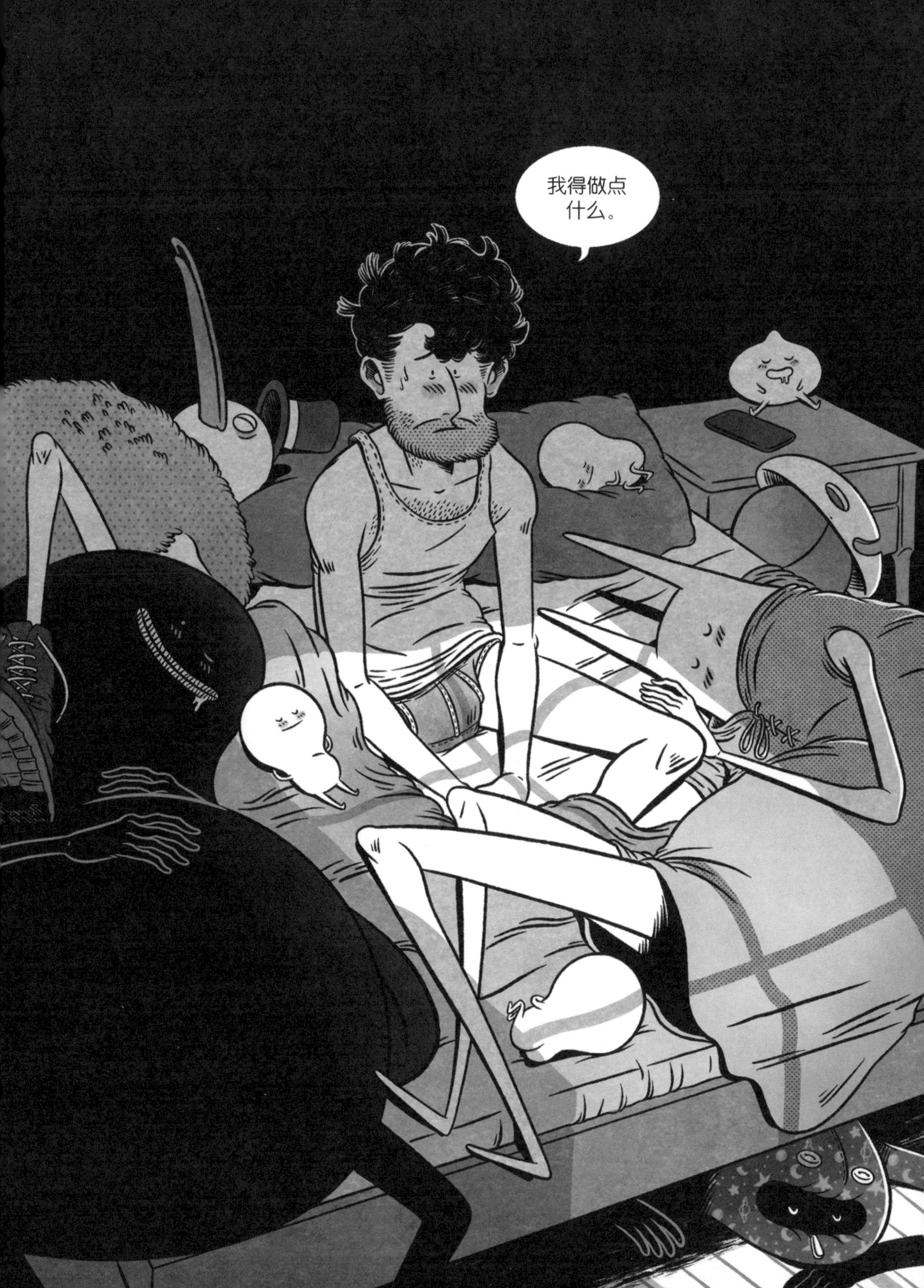
我得做点
什么。

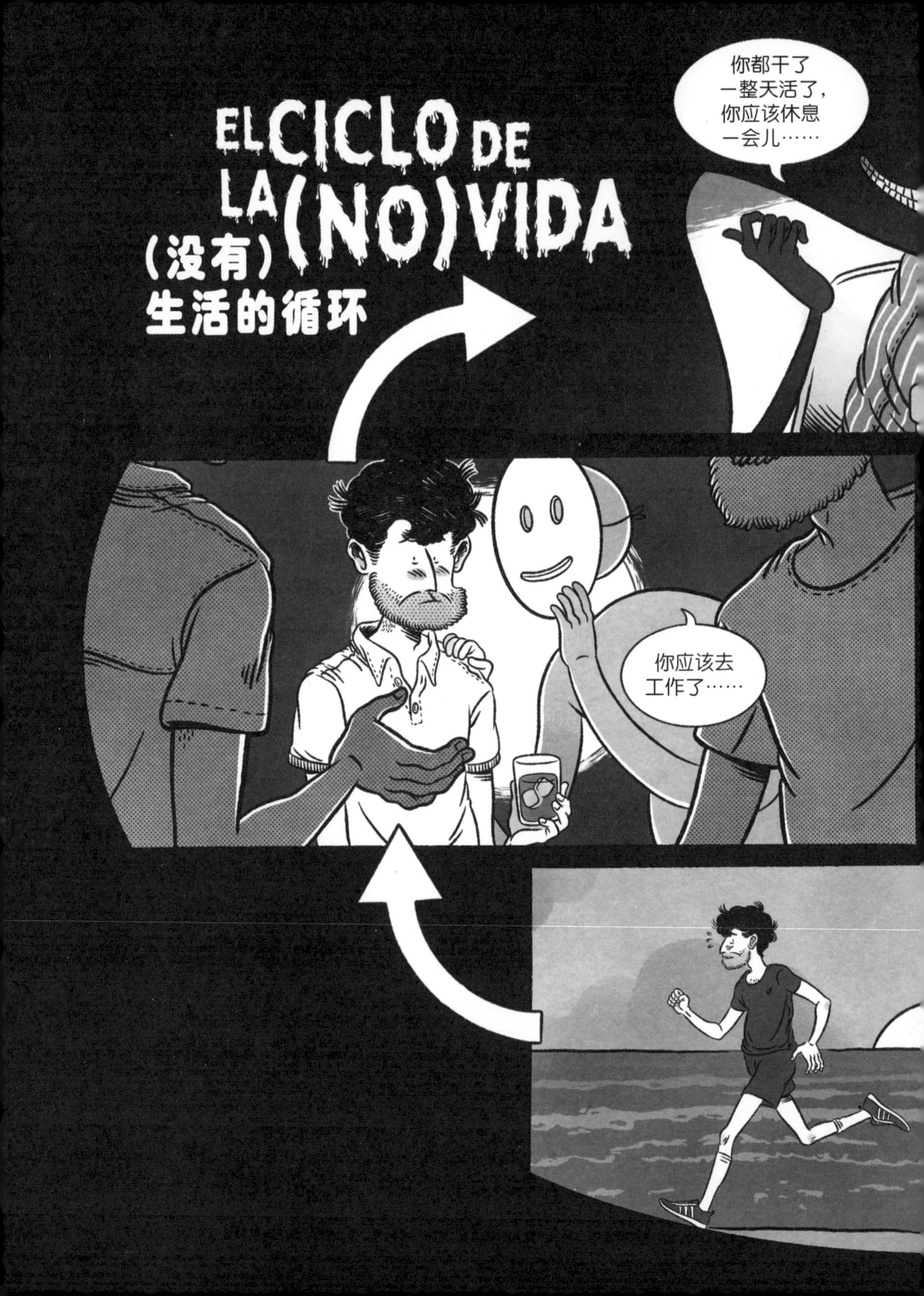
EL CICLO DE LA (NO) VIDA
（没有）生活的循环
你都干了一整天活了，你应该休息一会儿……
你应该去工作了……

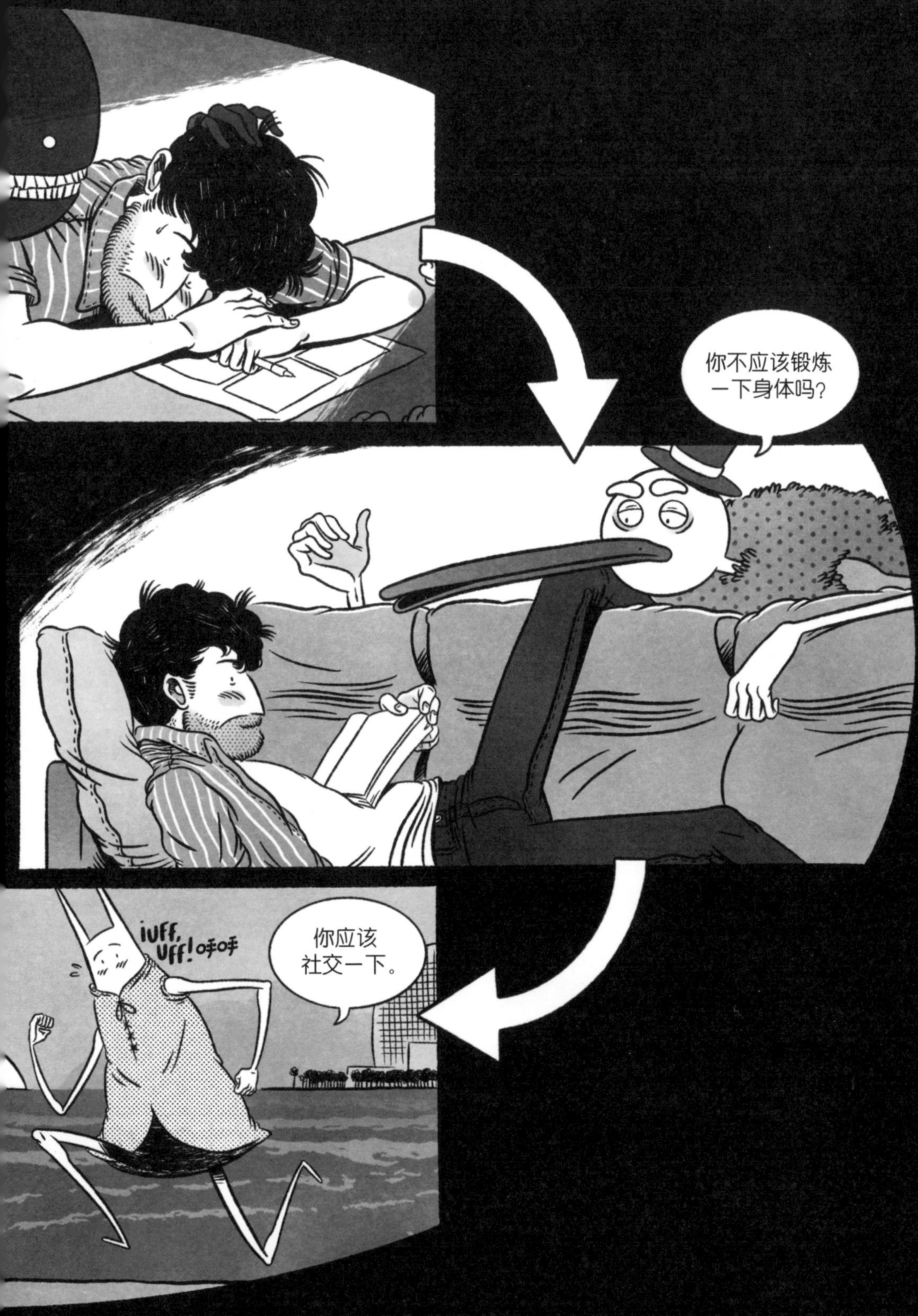
你不应该锻炼
一下身体吗？
iUFF,
UFF! 呼呼
你应该
社交一下。

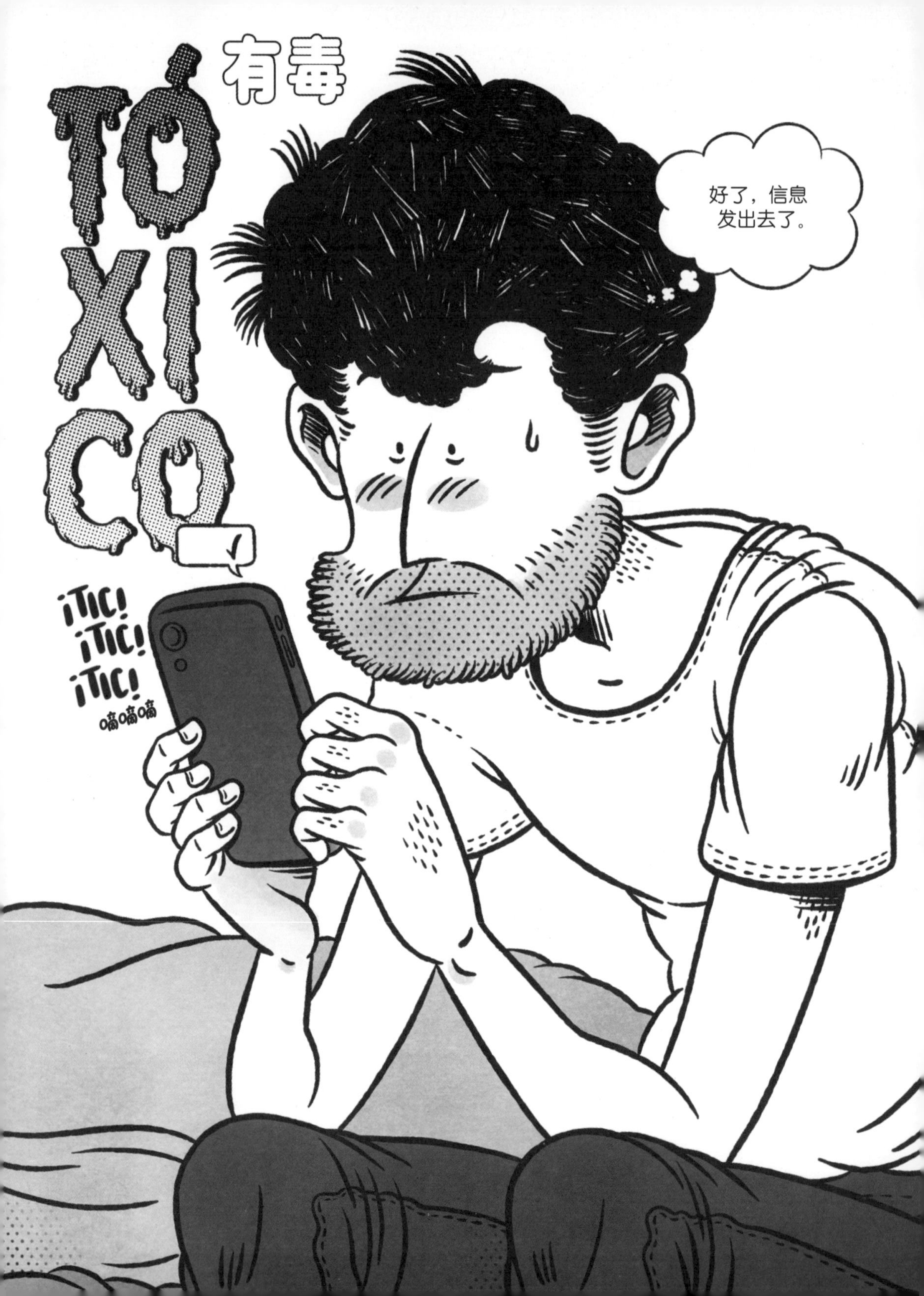
有毒
TÓXICO
好了，信息发出去了。
¡TIC! ¡TIC! ¡TIC!
嘀嘀嘀

?
啪嗒 PLIC!
他看到了信息，
但是没回复。
啪嗒 PLIC!
啪嗒 PLIC!
我刚才是不是说了什么不该说的？
我为什么要把这种话发出去呢？我真是个烂人……
啪嗒 PLIC!
糟了，他肯定对我生气了，肯定
不理我了。

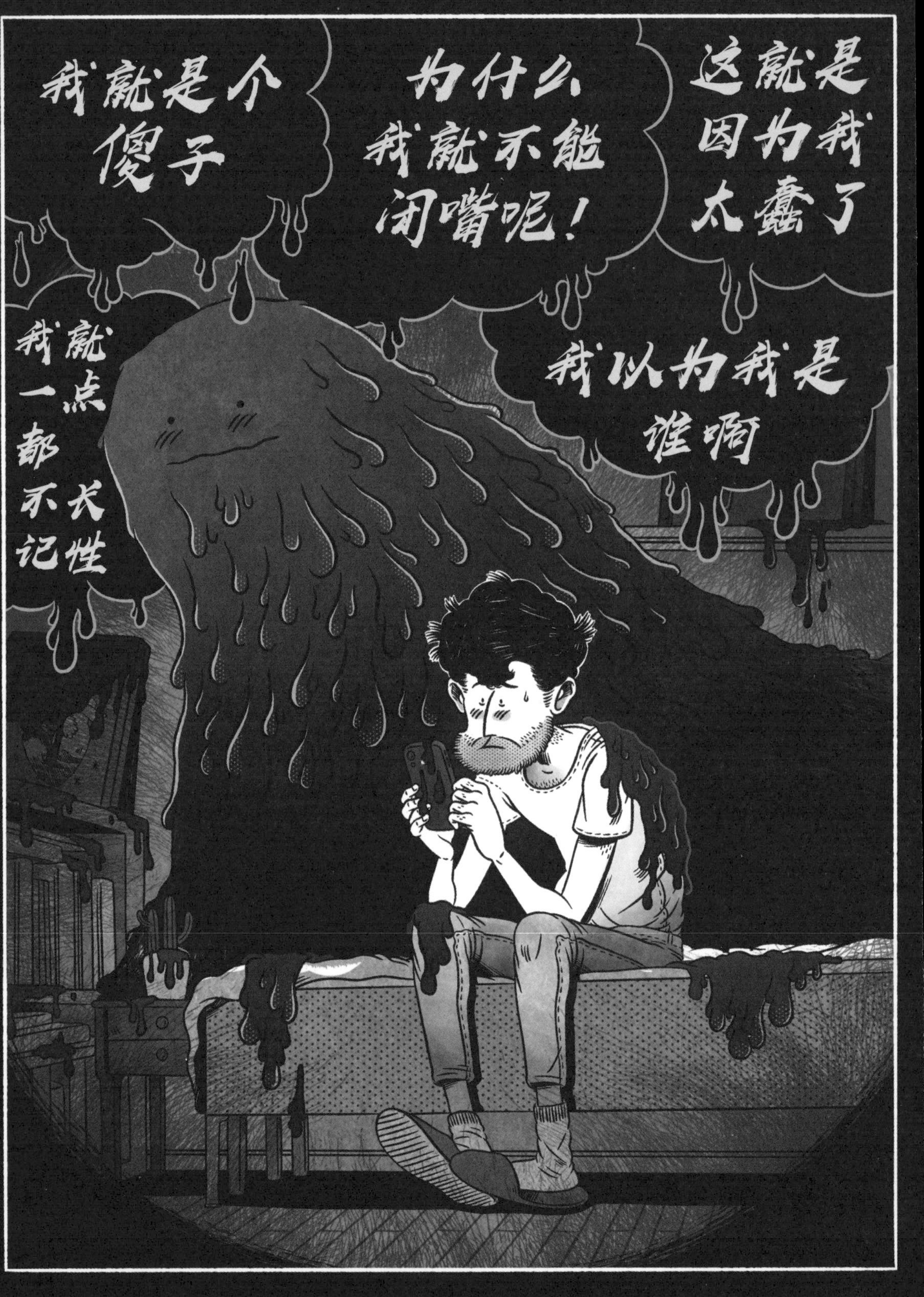
我就是个傻子
为什么我就不能闭嘴呢！
这就是因为我太蠢了
我就一点都不长记性
我以为我是谁啊

嘿！我在电影院呢。
你还好吗？

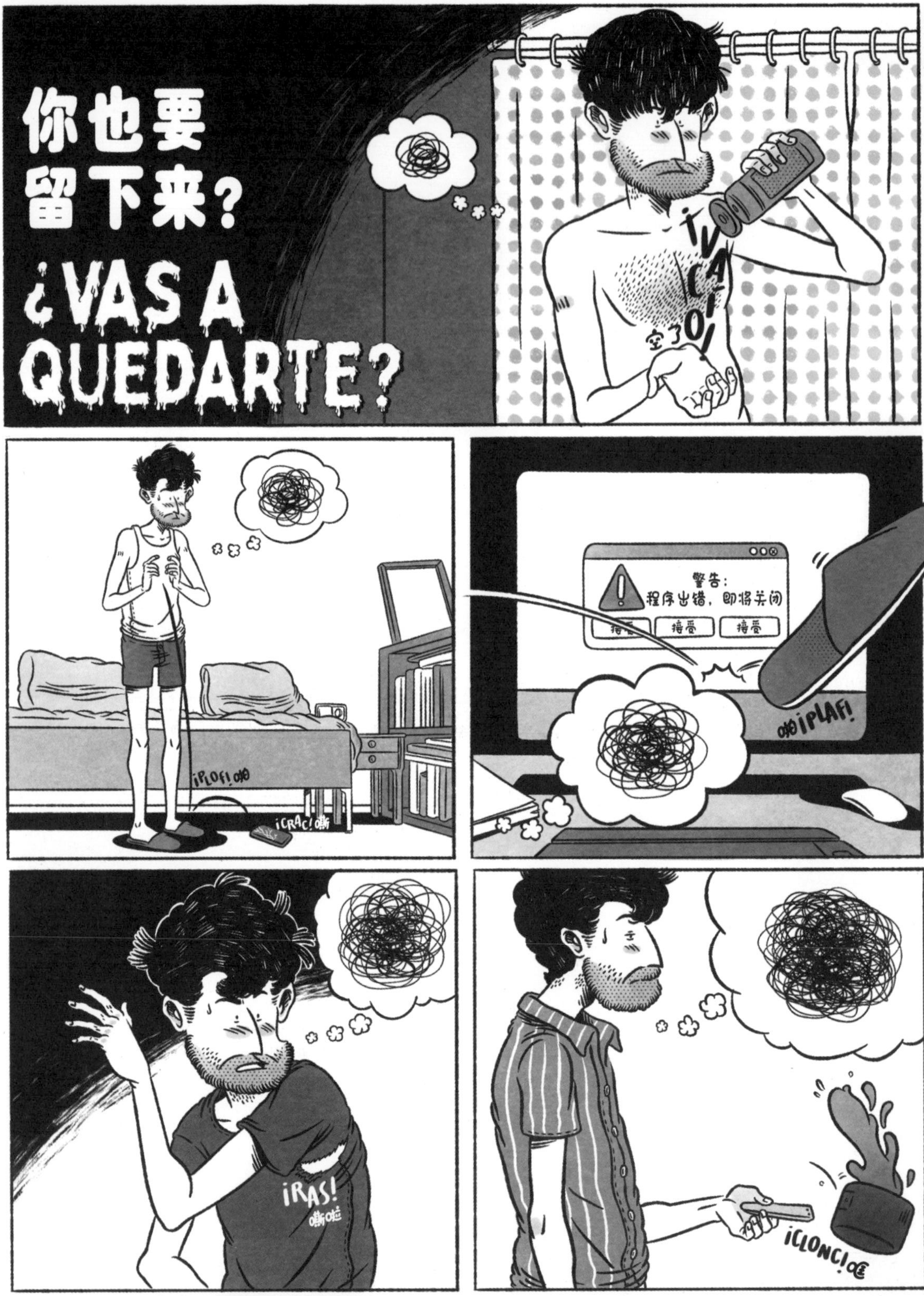

你也要留下来?

嘿!新来的!既然你来了,给我拿一瓶啤酒来吧。

……

你看,你要是留下来,我们这里就有点太挤了。

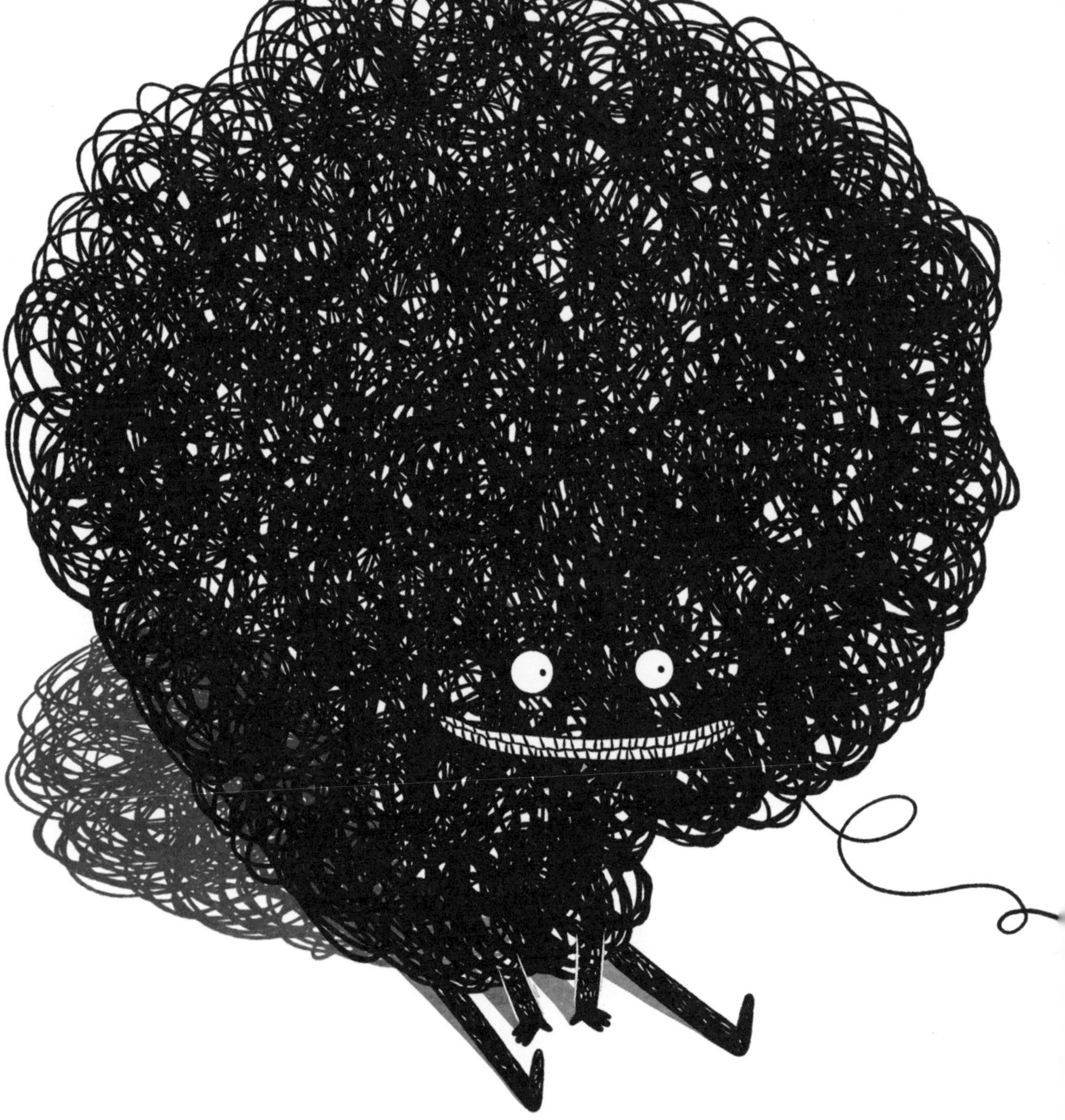

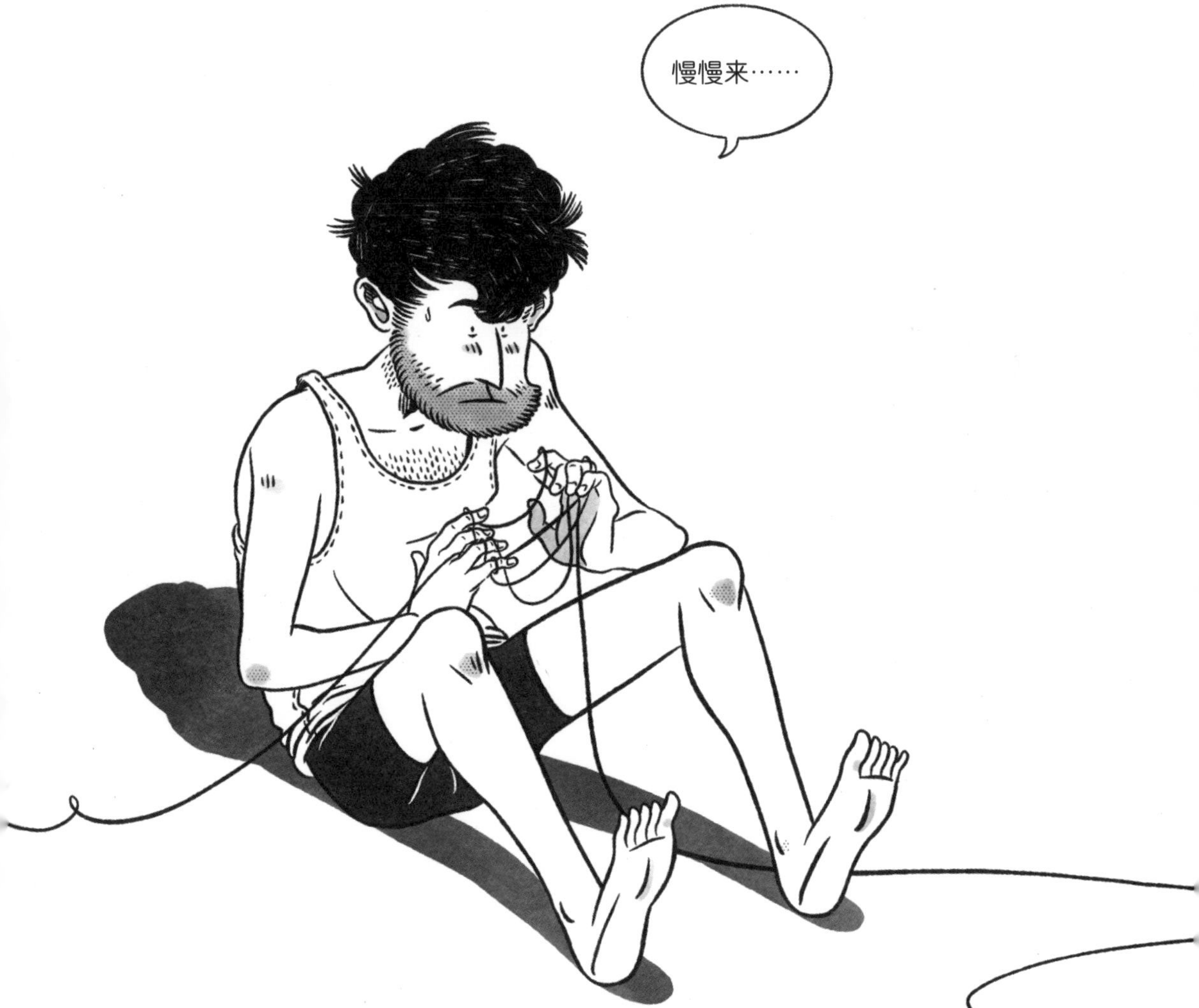
慢慢来……

你在看吗？
是的，所有频道都在播这个……
要不要我过去？
他们现在说的正是让大家减少外出走动……
“接下来我们将播报最新的相关情况……”
疫情

而且我也
觉得这么干不太
合适……
“我们将直播
总统关于紧急状态的
讲话……”
我也说不好……
我毕竟还有室友，
可是你……
我一想到
你是一个人
就很担心。
你不用为这个
担心……

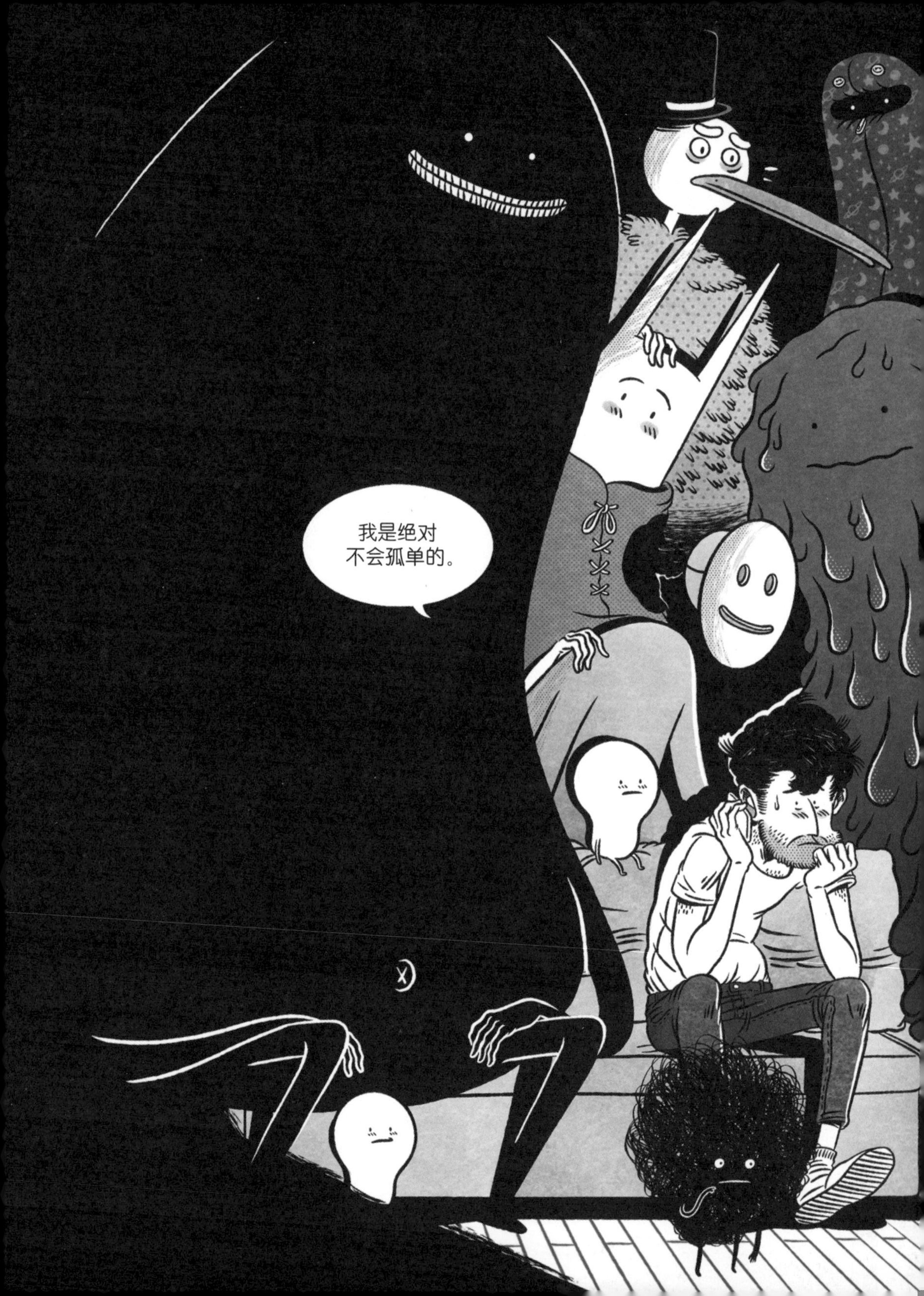
我是绝对
不会孤单的。

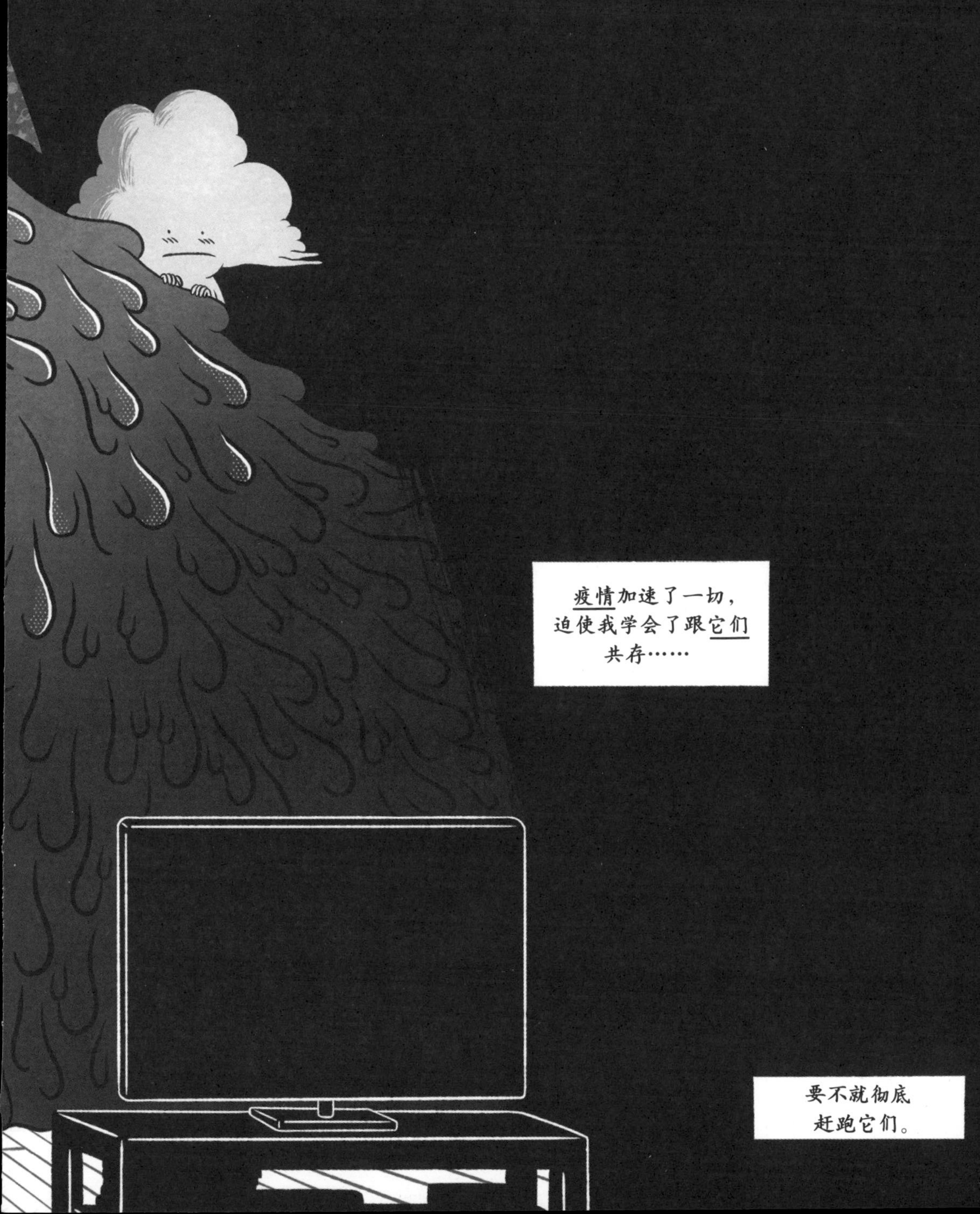
疫情加速了一切，迫使我学会了跟它们共存……
要不就彻底赶跑它们。

UN DÍA CUALQUIERA 普通的一天

你想什么呢？
你们简直疯了，怎么老是凭空出现？！
我在画漫画……
好家伙！这里面还有我们出场呢！
唔！快来看啊！来这边！你得看看这个！

看啊，他画了一个关于我们的漫画！
你们别来烦我！
一个漫画？你觉得会有人喜欢这个吗？
呃，我也说不好，但我想试试看……
你们不是也劝我去改变现状吗？
我们什么时候说过这个？
当然是在他的梦中……
我发现，我的存在还是挺有必要的。
真高兴……
原来你在忙活这个……
这是关于我们的漫画！

要我说啊，
这个漫画很难
火起来……
我觉得你还没
做好画这类漫画
的准备……
这对你的职业
生涯来说好吗？
我感觉不好
说啊……
¡CRAC!

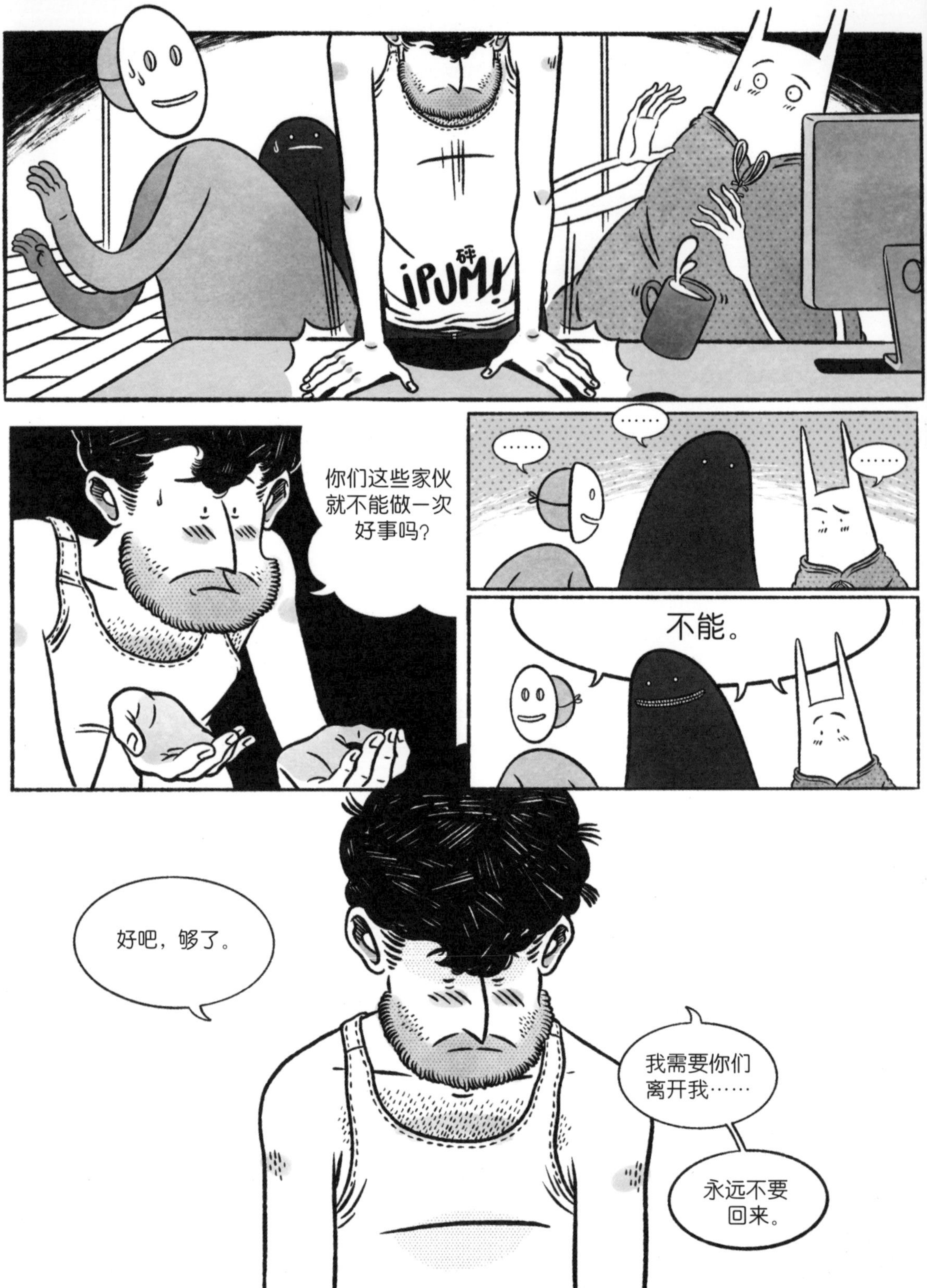
¡PUM!
砰
你们这些家伙就不能做一次好事吗？
……
……
……
不能。
好吧，够了。
我需要你们离开我……
永远不要回来。

怎么了？瞎说什么呢？
来吧，咱们一起看看电视放松一会儿吧，我们给你在沙发上腾点空出来……
好的，好的，“我们先冷静一下”。
你们要是不走的话，我走。

等等!
等一下! 嘿!

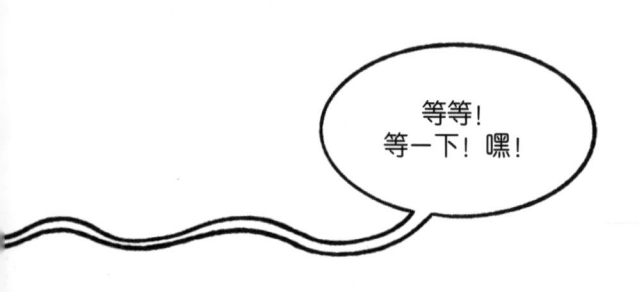

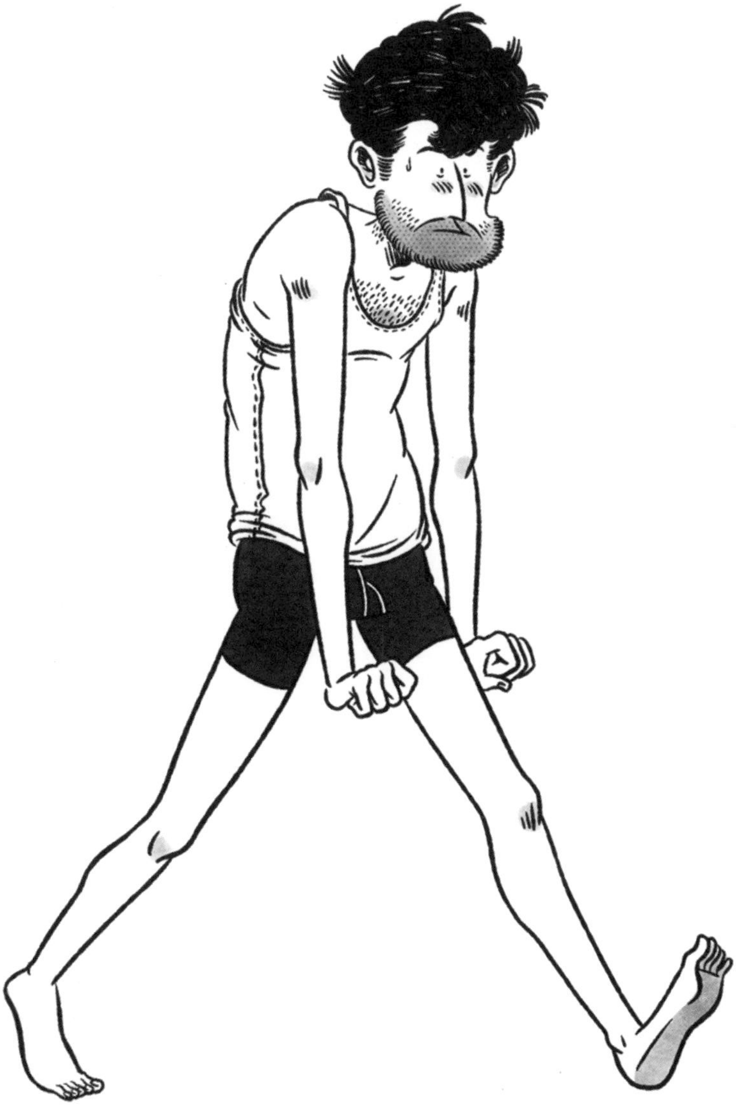

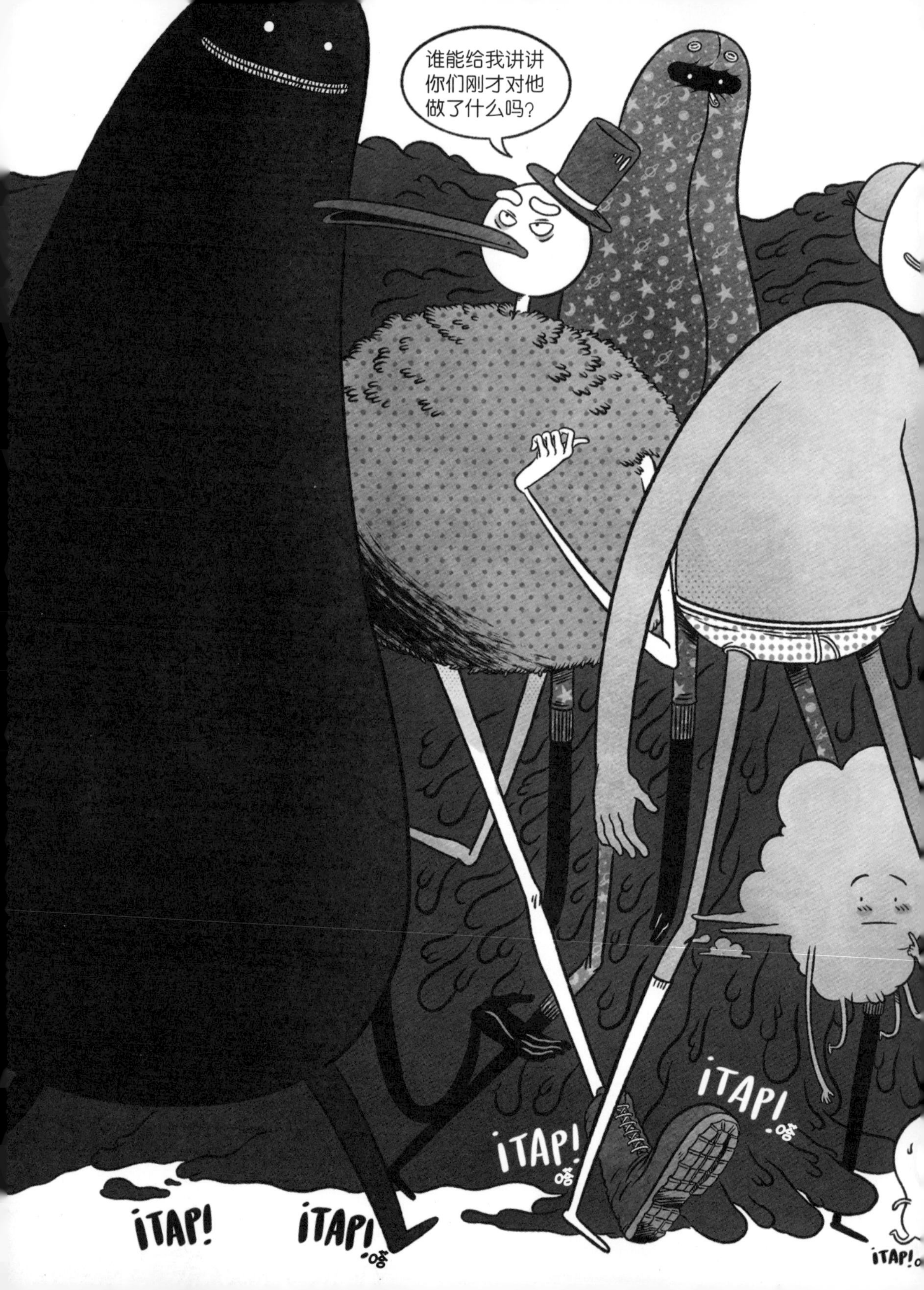
谁能给我讲讲你们刚才对他做了什么吗？
¡TAP!
¡TAP!
¡TAP!
¡TAP!
¡TAP!
¡TAP!

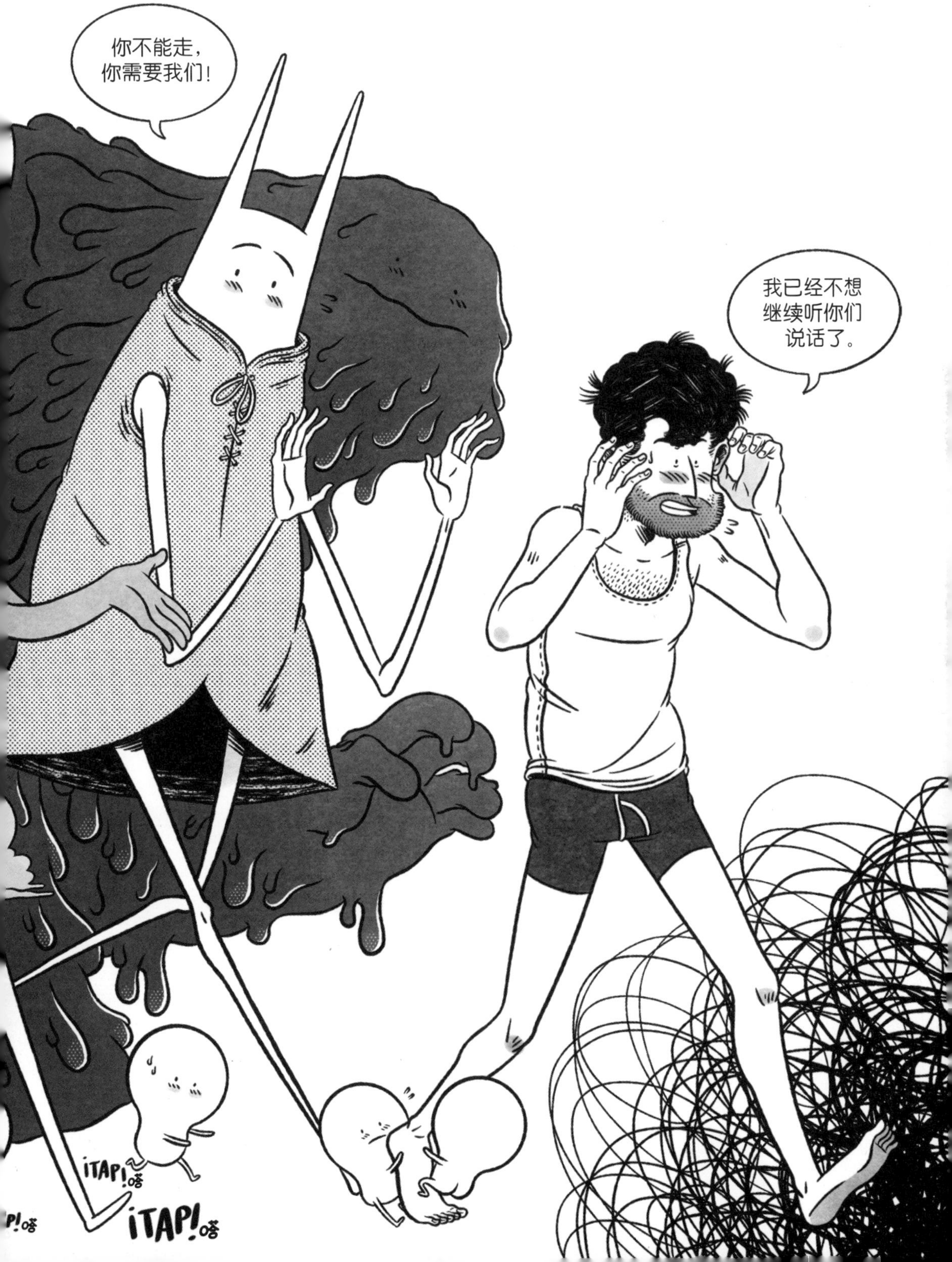
你不能走，
你需要我们！
我已经不想
继续听你们
说话了。
¡TAP!嗒
¡TAP!嗒
P!嗒

你之前就应该把这件事做完。
这也没那么难。
但是，你就没照照镜子？
谁都能行……除了你。
你之前不应该做这件事。
他这么说还不是因为你让他难过了。
你为什么说那些话？
你最好试都不要试。
现在他们要注意到了。
他要来了。
最好别让他们看见。
他们会不会觉得我脾气很差？
这就是你能做到的最好？
最后，大家都会发觉的。
这不是悲观，是现实。
这画得一点也不好。
现在该怎么办？
你要为最差的结果做好准备。
未来就是这样，看看你自己。
只要你回顾一下过去。
你得拿主意，现在就要！
你不能继续这样下去了。

够了。

够了。

¡BASTAAAA! 够了!

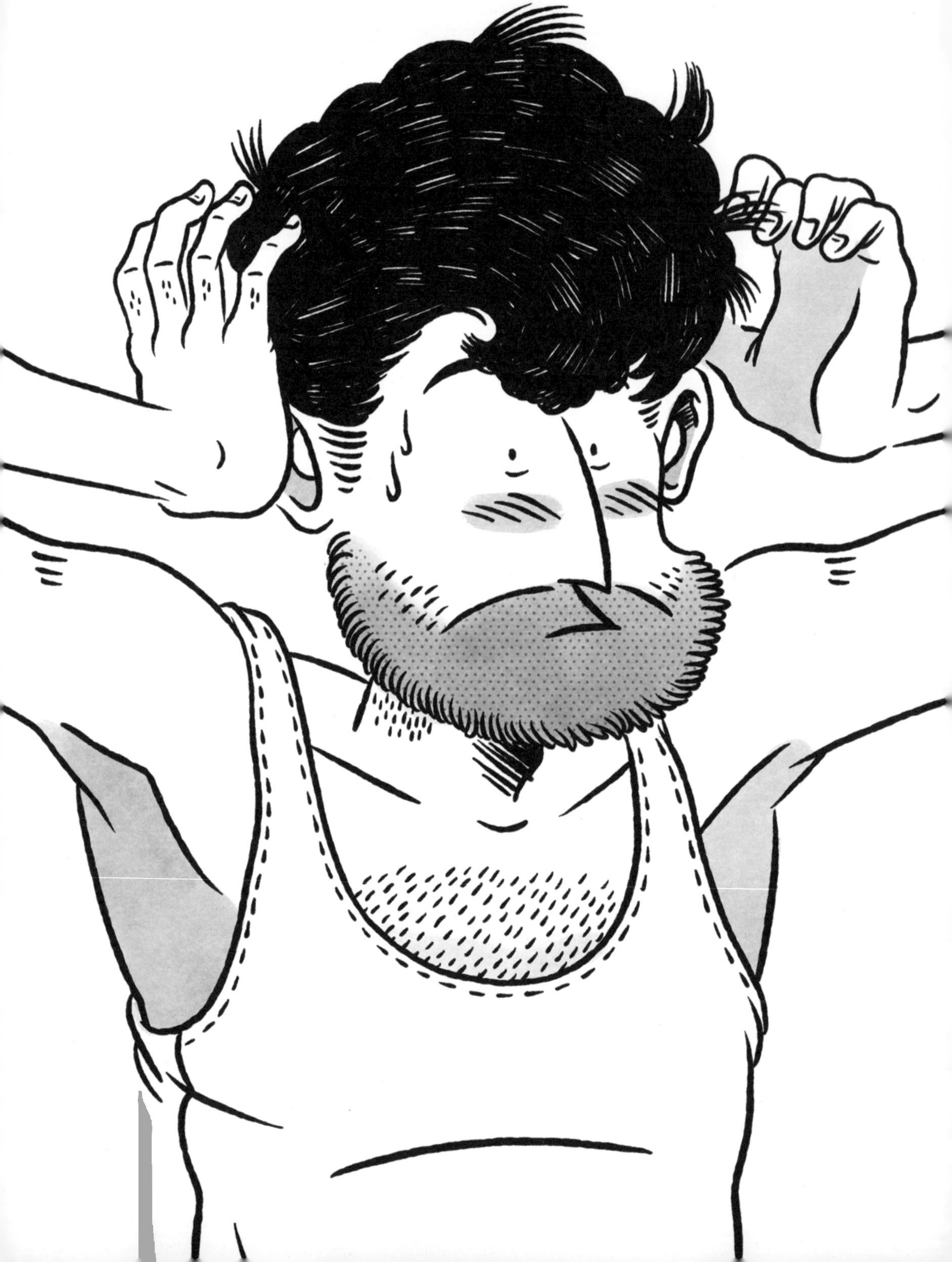

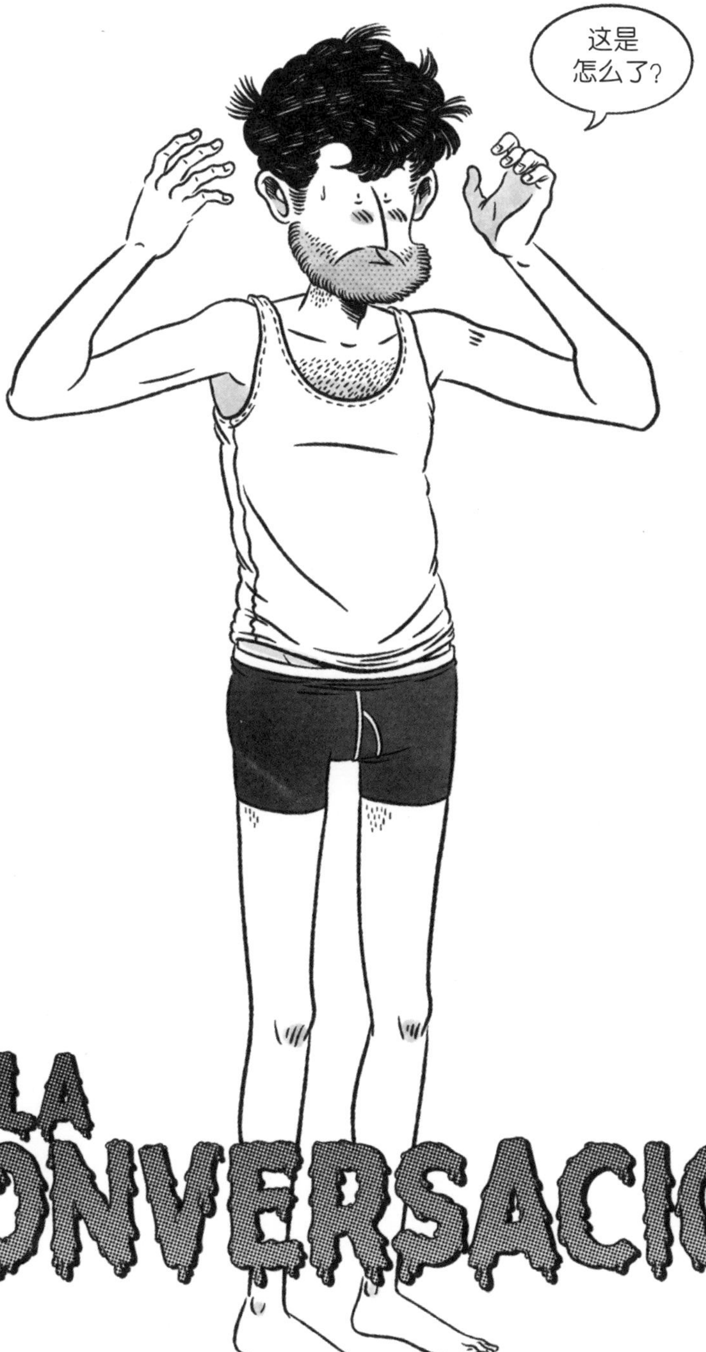

LA CONVERSACIÓN

对话

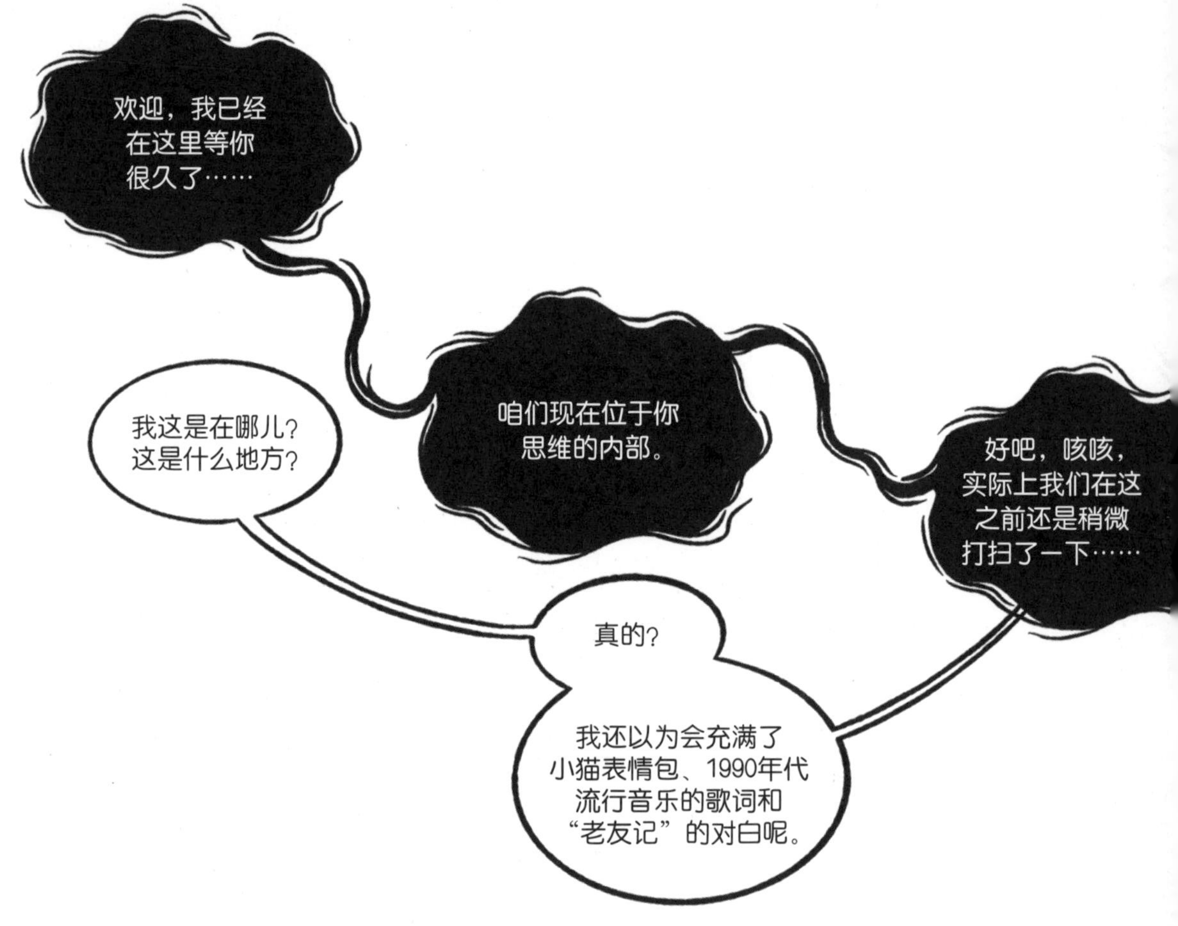
欢迎，我已经在这里等你很久了……
我这是在哪儿？这是什么地方？
咱们现在位于你思维的内部。
好吧，咳咳，实际上我们在这之前还是稍微打扫了一下……
真的？
我还以为会充满了小猫表情包、1990年代流行音乐的歌词和“老友记”的对白呢。

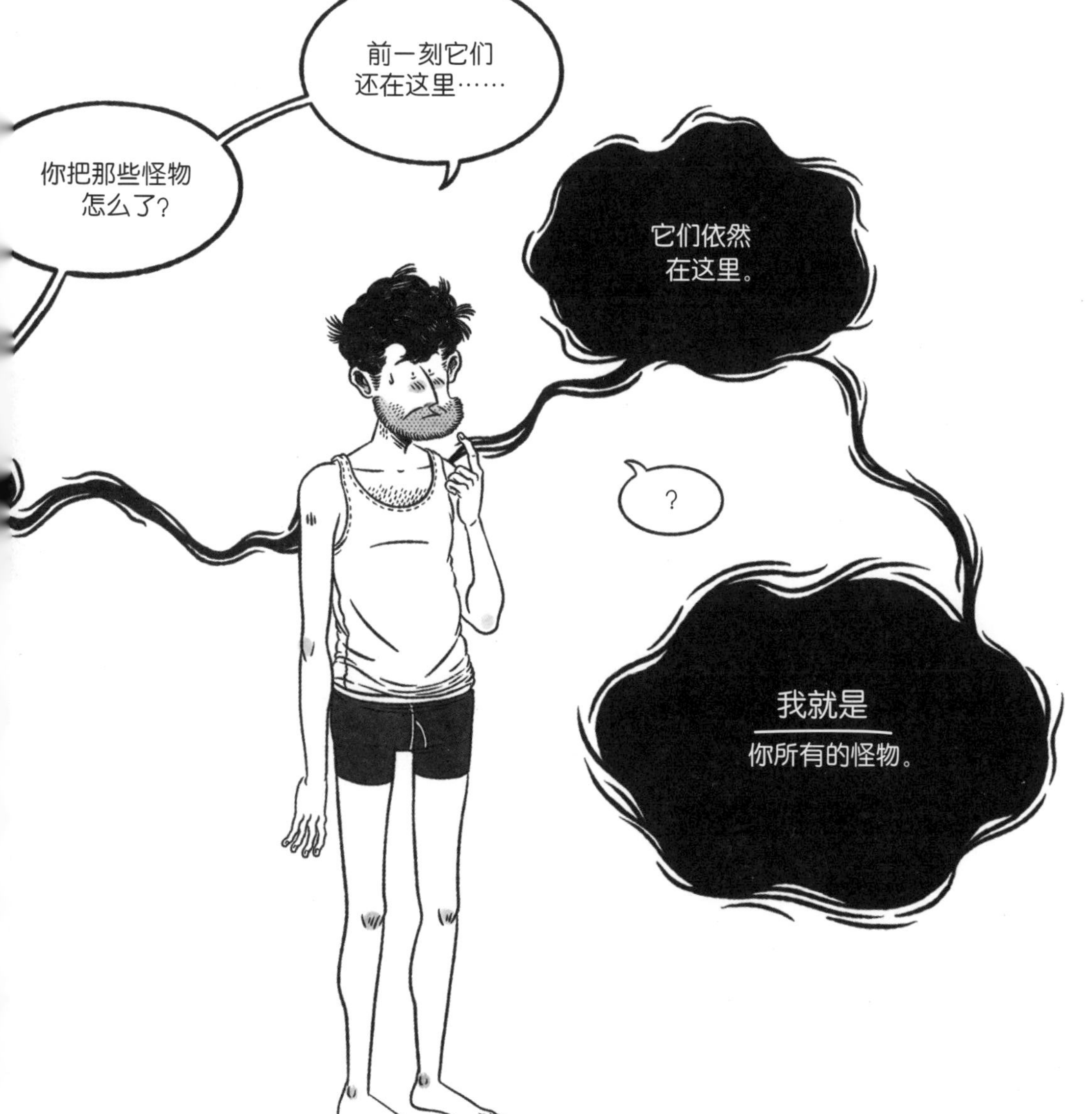
你把那些怪物
怎么了？
前一刻它们
还在这里……
它们依然
在这里。
？
我就是
你所有的怪物。

你说什么，
"你所有的
怪物"。

这是什么
蠢话……

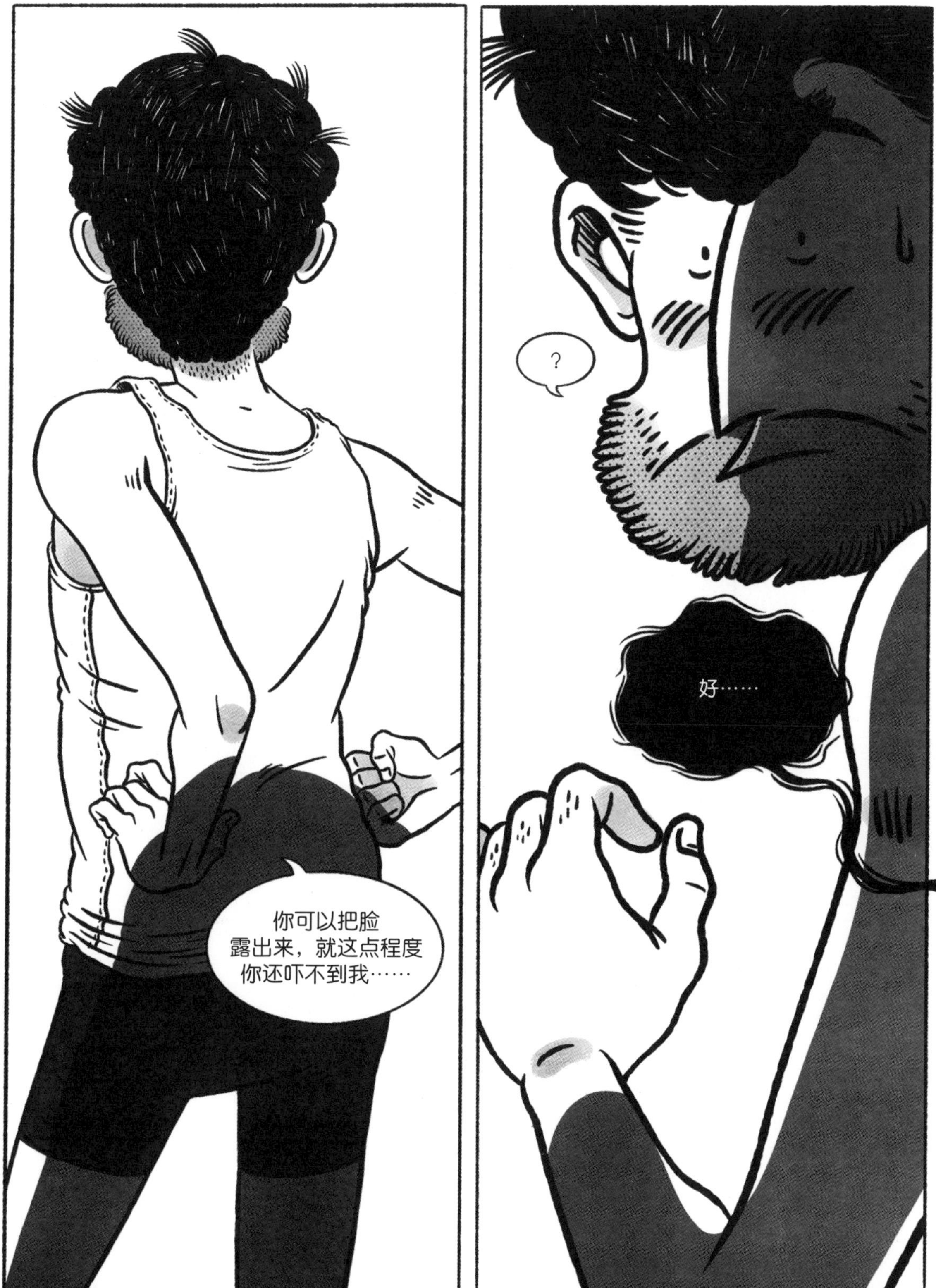
你可以把脸露出来，就这点程度你还吓不到我……
？
好……

......

……你好。

你！不，我想说的是……我！
可是，你到底是谁啊?!
¡JA! 哈
¡JA! 哈
¡JA! 哈
¡JA! 哈
我就知道你会被吓一大跳。
我就是你所有怪物的源头。
我是你的影子。
我的影……
我肯定是又在做梦了……
别这样，过来，我想给你看一样东西……

¡WOW! 哇

这是……
我是说……
这个……

是我？

差不多吧……

应该说
这是理想化的
你自己……

所以它
头发浓密。

我明白
了……

你看到那片
阴影了吗？

嗯……

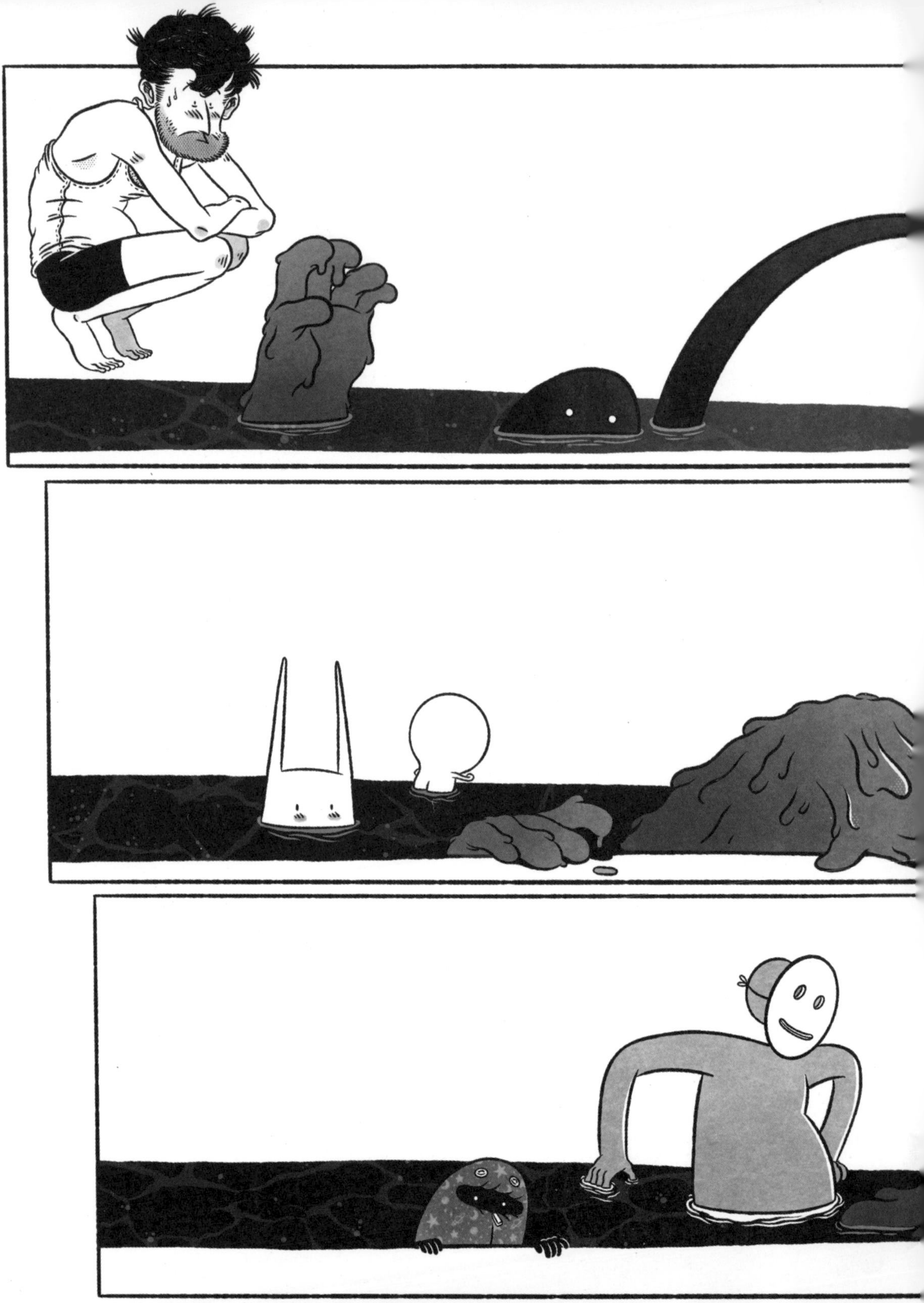

这些年你一直在构建这尊雕塑，一个理想化的你，而它——显然——是不可能实现的。

在你和理想之间，隔着一道投在地上的阴影……

就是所有这些怪物的源头。

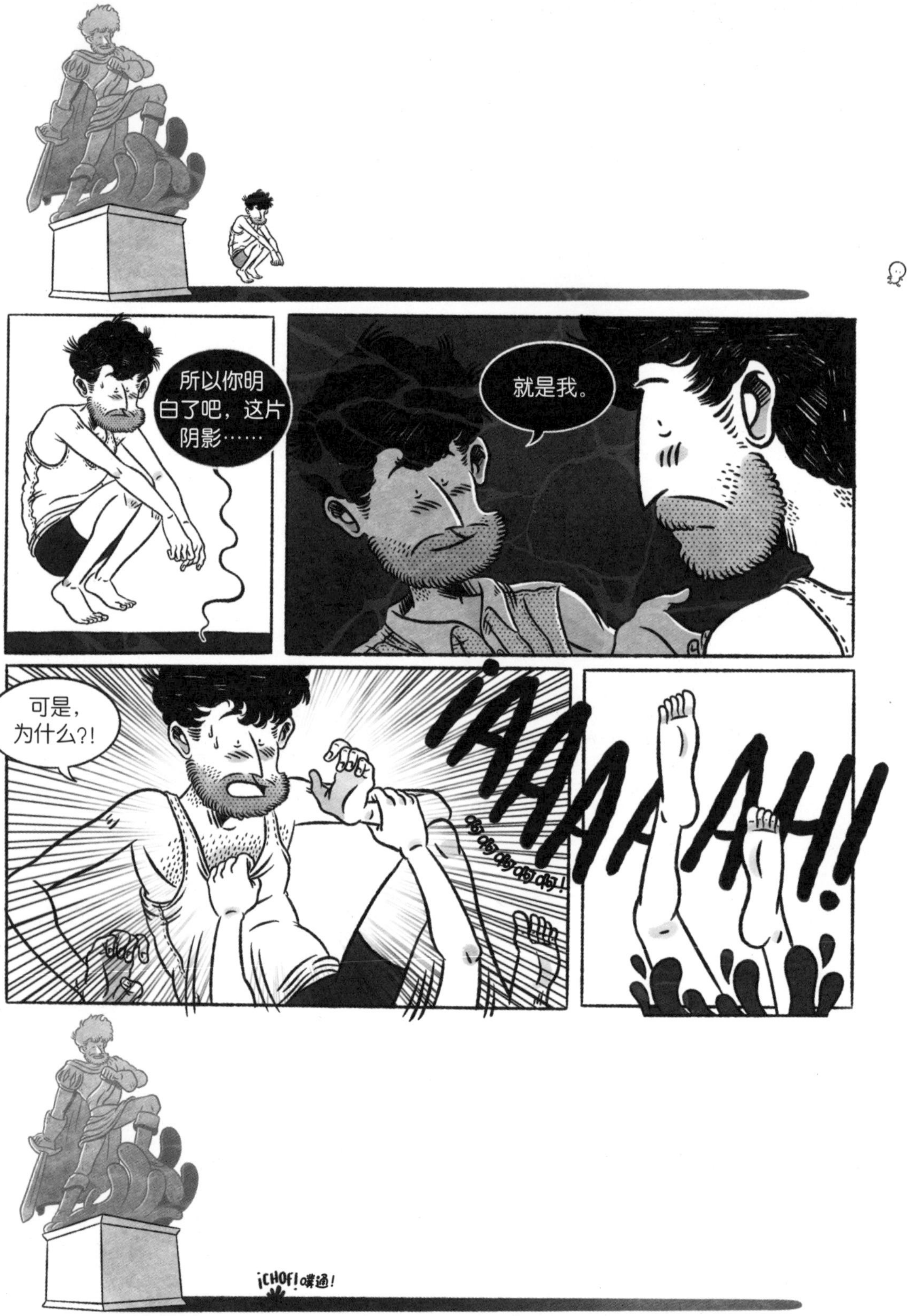
所以你明白了吧，这片阴影……
就是我。
可是，为什么?!
¡AAAAAH!
啊啊啊啊啊啊啊!
¡CHOF! 噗通!

既然是你创造了那些怪物……
你就不能让他们走开吗?
我真是不想对你讲这件事，但是……
你的那些怪物是不会消失的。
什么?
啪
¡PLAF!
跟我来。

这些怪物确实会阻挠你前进。
比如你总说：
“有这些家伙捣乱，我肯定会一事无成。”
……然而同时，怪物们也是你不愿去努力尝试的完美托词。
就像你说：
“这都是他们给我设下的圈套，所以我只能绕着走。”
你学得一点都不像，我才不会这么说话。

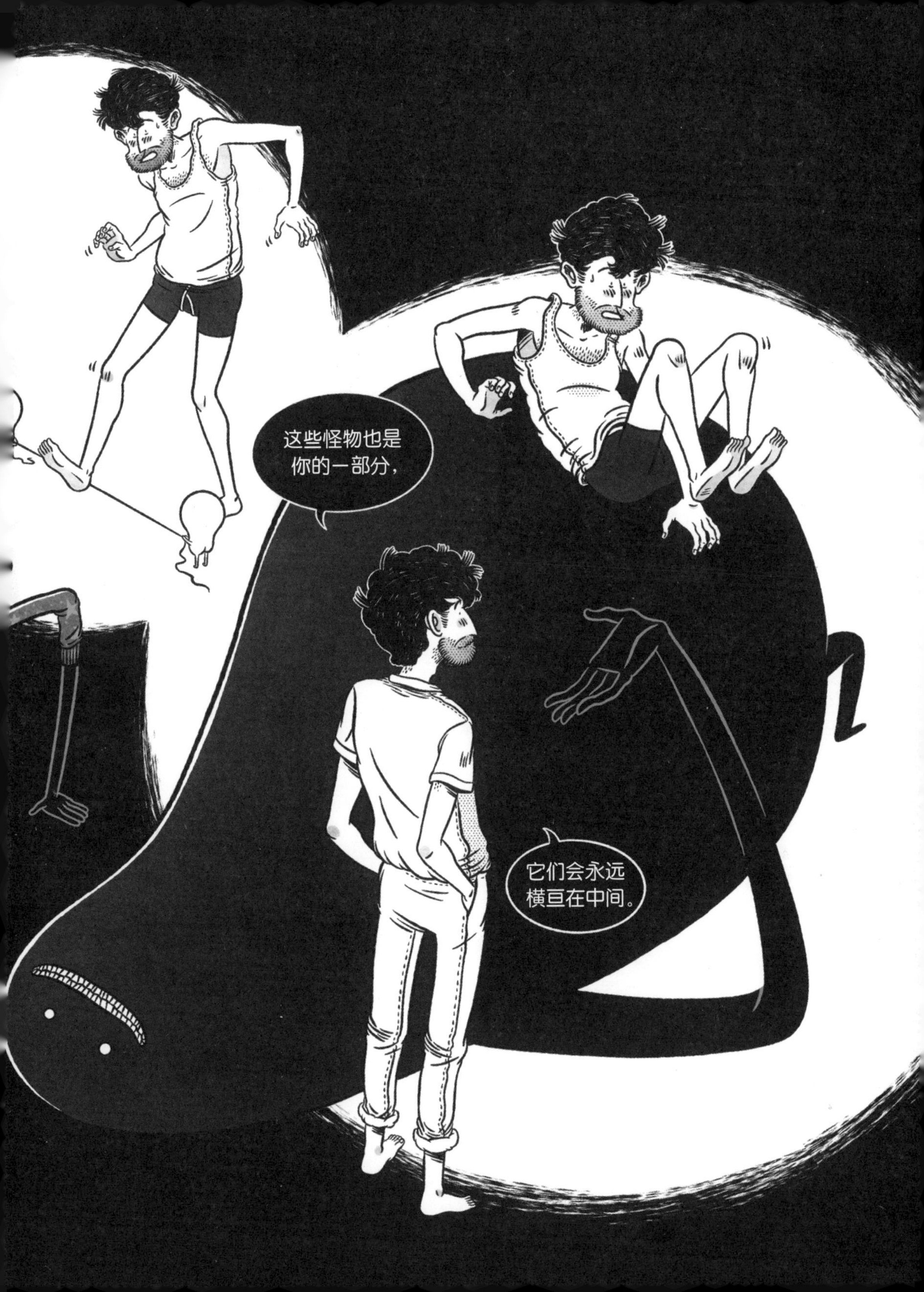

这些怪物也是你的一部分，
它们会永远横亘在中间。

你所能做的，
是不要让它们限制住你。

而是要把它们限制住。

为了做到这一点，你应当认清你的怪物们，因为认识它们，就意味着认识你自己。

接受你自己，
接受你的优点和你的……
总之，全部接受！

你明白了吗？
（我自己也觉得有点故弄玄虚了……）

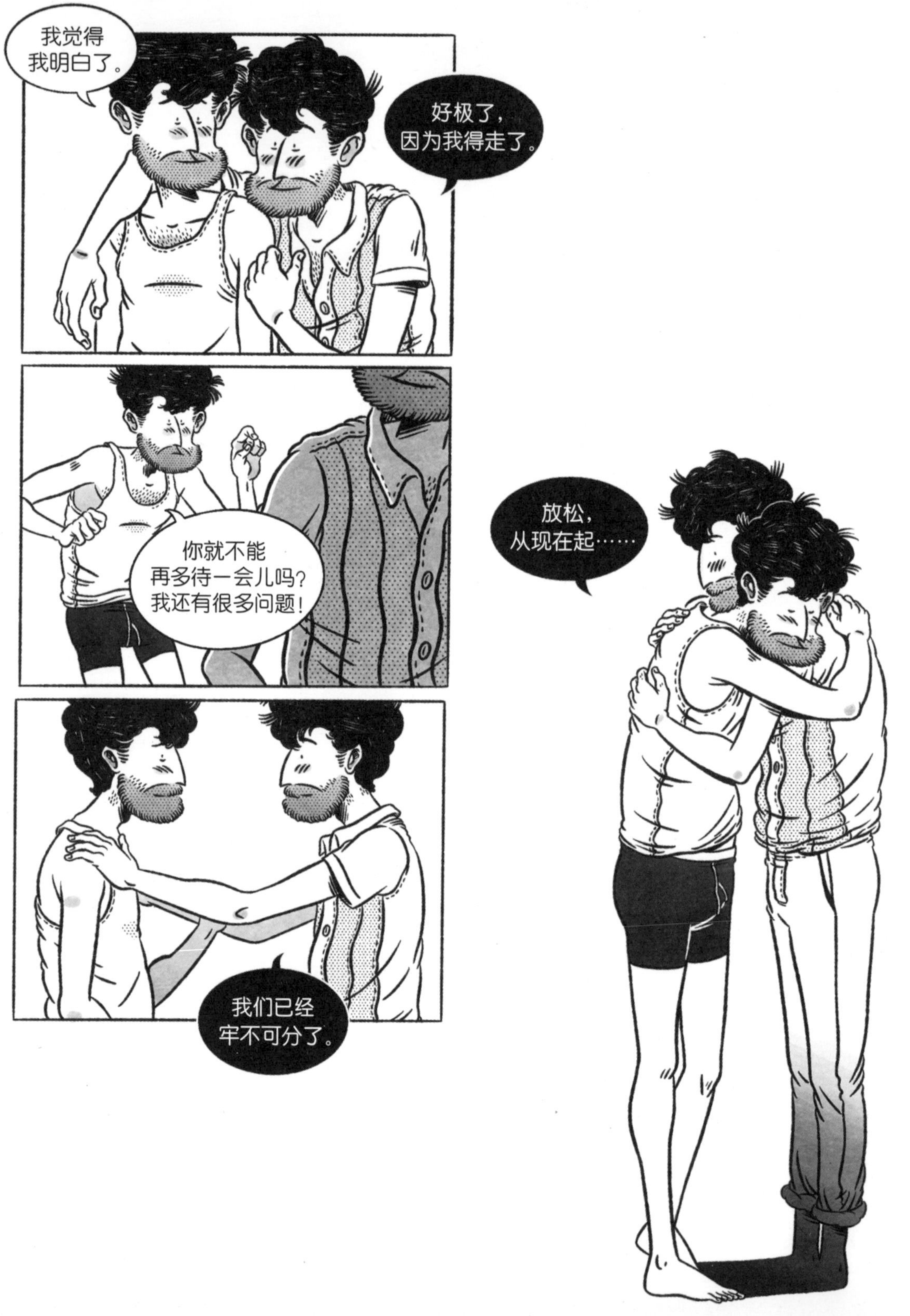
我觉得
我明白了。
好极了，
因为我得走了。
你就不能
再多待一会儿吗？
我还有很多问题！
我们已经
牢不可分了。
放松，
从现在起……

谢谢。

我们最近几次见面之后你进步了很多，对吗？

确实如此……

我们三周内再见，你觉得怎么样？

同意。

我逐渐明白了，把自己从这些家伙中解放出来是没用的……

因为我们每个人身后都跟着自己的怪物。

甚至是那些看起来没有的人……

肯定……

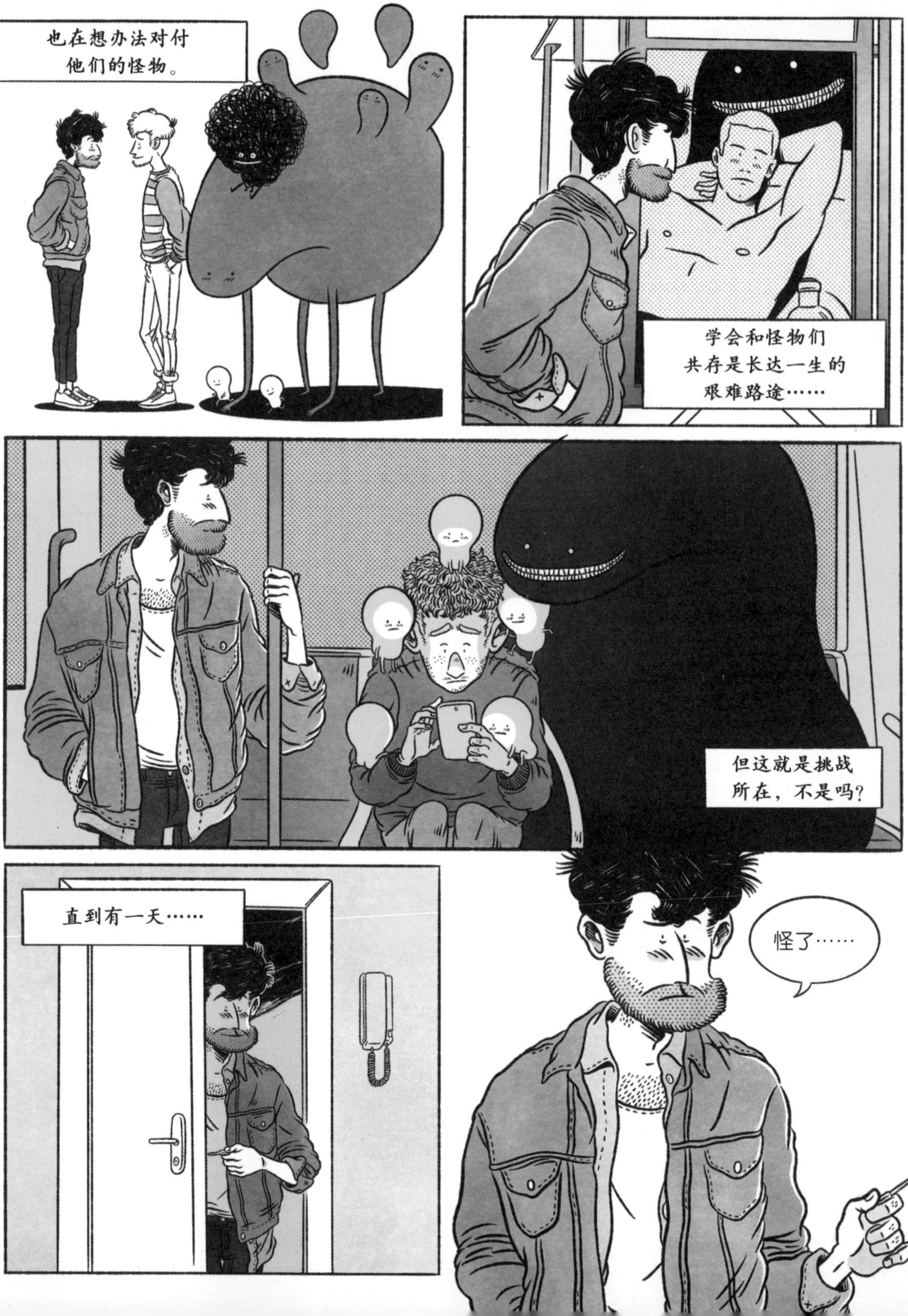
也在想办法对付
他们的怪物。
学会和怪物们
共存是长达一生的
艰难路途……
但这就是挑战
所在，不是吗？
直到有一天……
怪了……

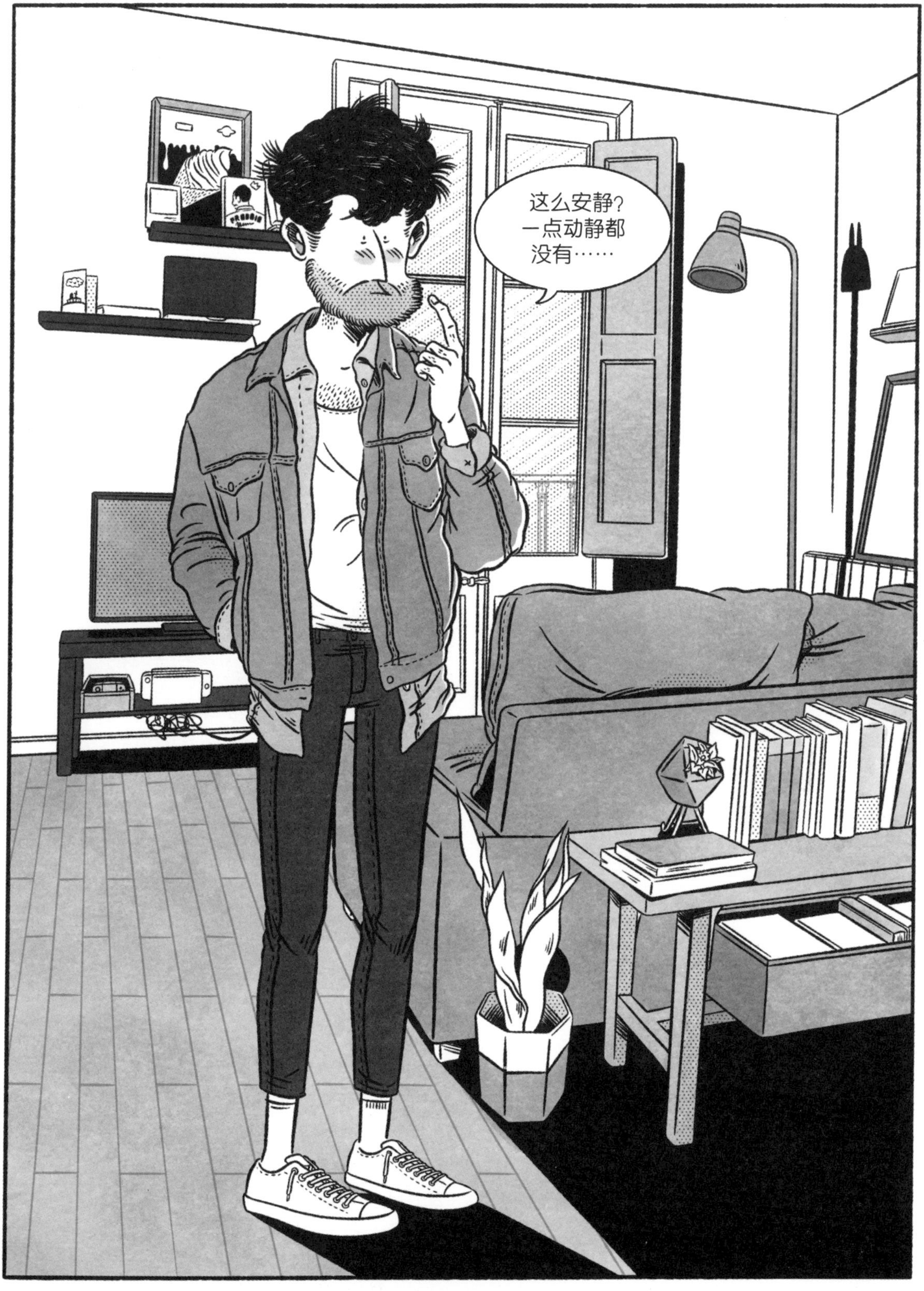
这么安静？一点动静都没有……

开玩笑的，它们还在……目前来看。
你们真是越来越不会藏了……
嘿，你们谁能给我把门打开吗？我被困在外面了……
那当然，这个公寓毕竟只有40平米，你知道吧？

这不是一篇英雄击败
怪物的史诗……

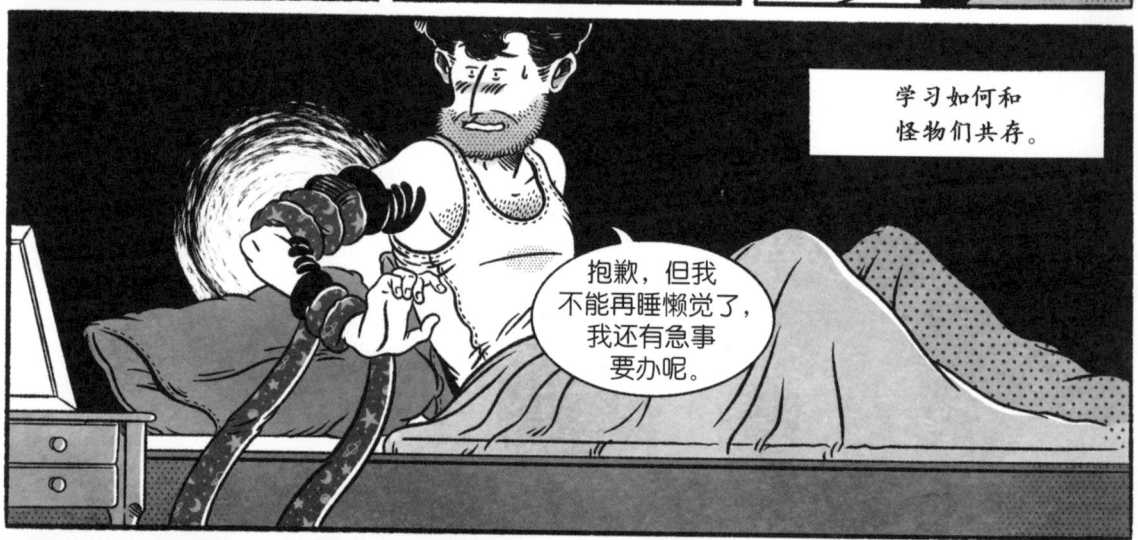

¡PIP, PIP! 哔哔
¡PIP, PIP! 哔哔
哔哔
哔哔

这只是一个普通人的故事……

学习如何和怪物们共存。

抱歉,但我不能再睡懒觉了,我还有急事要办呢。

你今天要开的会特别重要,对吗?

你知道他们会说些什么,对吧?

他们会说什么我不知道,你会说什么我可清楚……

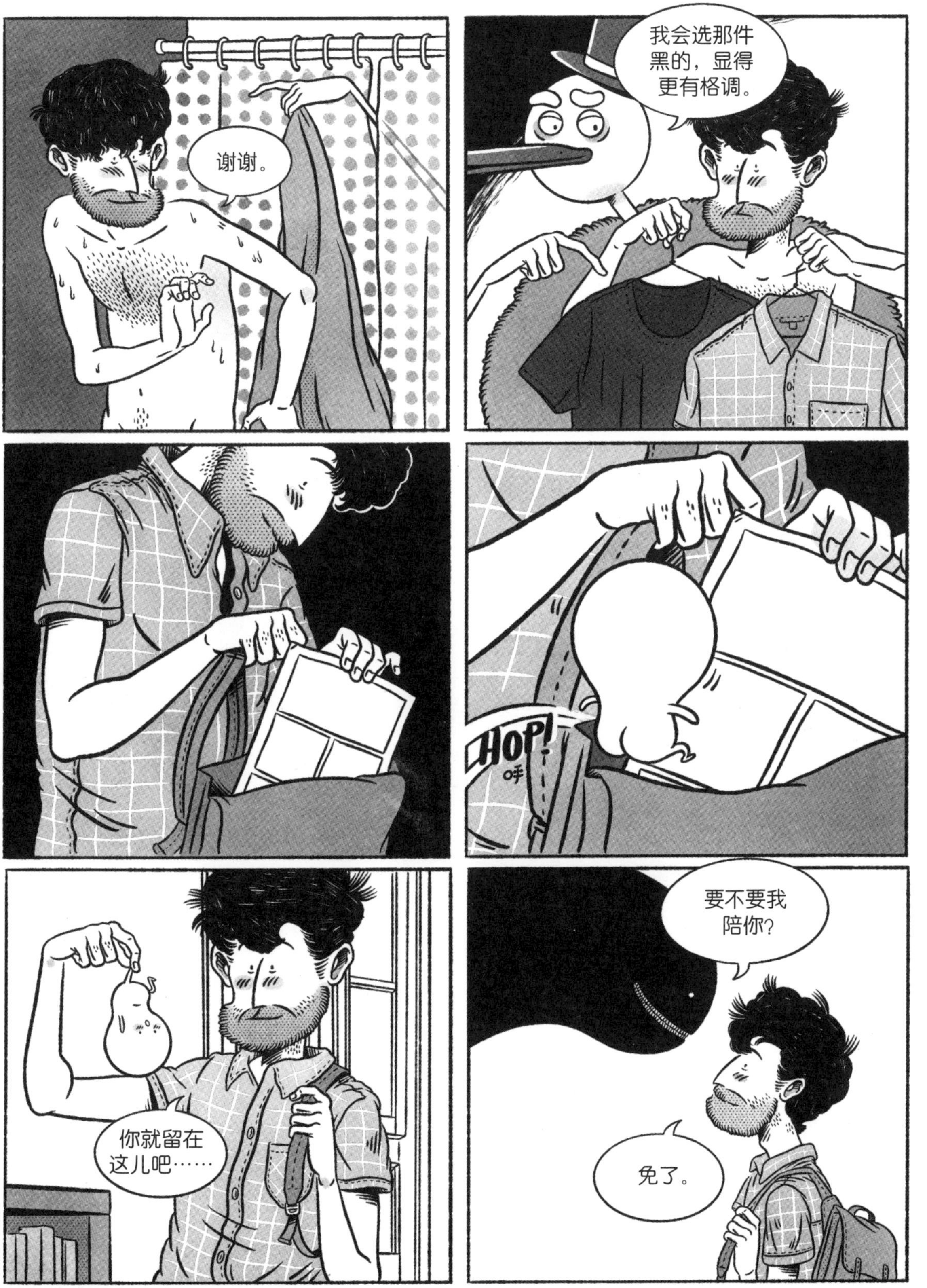
谢谢。
我会选那件黑的，显得更有格调。
HOP!
呼
要不要我陪你?
你就留在这儿吧……
免了。

还是让你们待在这儿吧，我把整个沙发都留给你们。
留在家里怎么样？总之，你懂的……
好了，好了，我都知道。祝我好运吧！
祝你好运……
回来的时候买几瓶啤酒！
再见！
¡BLAM!嘭
总之……
我……

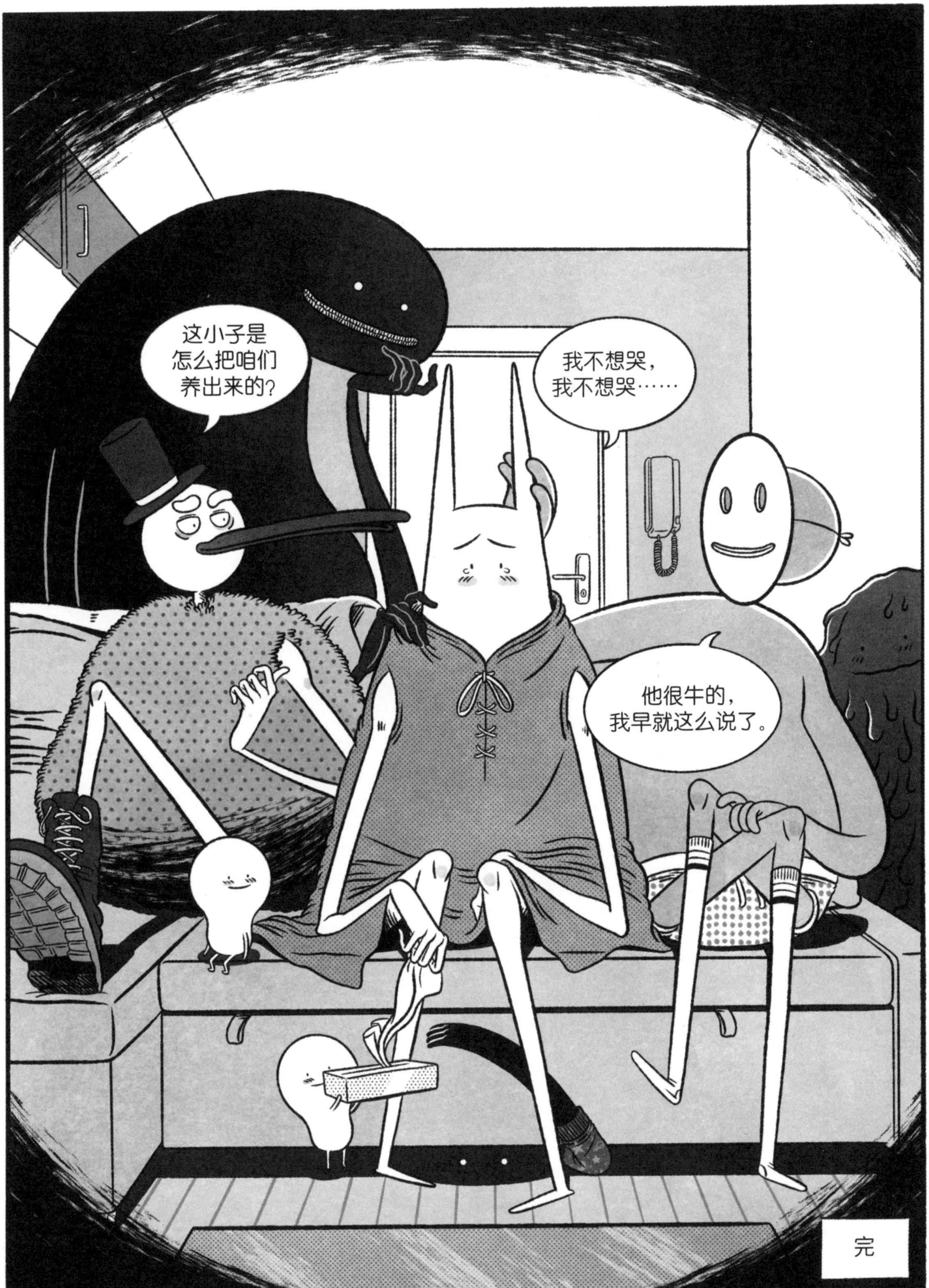
这小子是
怎么把咱们
养出来的？
我不想哭，
我不想哭……
他很牛的，
我早就这么说了。
完

No 051987
姓名：
旧日创伤先生

No 082015
姓名：
一团乱麻

你知道为什么有时候你内心中所有的闹钟会忽然同时响起来吗？几乎总是因为这个怪物，总是它按下了红色按钮。

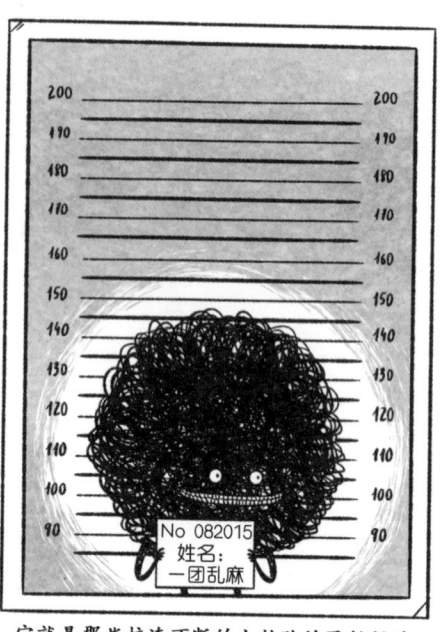

它就是那些接连不断的小挫败的罪魁祸首，直到有一天把你压垮。

No 121998
姓名：
怀疑

No 112013
姓名：
有毒的想法

No 061990
姓名：
担忧未来

别被它可爱的外表骗了，这些迷你怪物才是性质最恶劣的。在夜里和成群出现的时候尤其危险。

这类怪物最大的危害就是"一旦浮现就无休无止"。这类怪物能跟随你的脚步，迅速污染你所碰触的一切。很难清除掉它，但也不是完全不可能。

这类怪物认为未来是非常晦暗的，它会想尽各种令人恐惧的办法让你现在就陷入对未来的担忧中。

No 102006
姓名：
恐惧

No 032018
姓名：
社交恐惧

No 022010
姓名：
冒名顶替综合征

它就像是一瓶强力香氛，这个怪物永远也不会放过你。有时候它很渺小，不会烦你，但还有时候它会变得很大，把你吓瘫。

它不是不喜欢出门，只是连睡衣都不想脱下来（因此也没人能听懂它在说些什么）。每当你在"出去社交"和"宅在家"这两个选择面前拿不定主意时，它就会蹦出来。

它最执着于说服你去相信，早晚有一天，全世界都会发现你是个滥竽充数的骗子。它可真是个怪物中的奇葩。

No 041986
姓名：
悲伤

No 032020
姓名：
未知

是不是总有那么几天，你也不太清楚为什么，就很想再看一遍《廊桥遗梦》，或者去听阿黛尔的歌？那这个怪物肯定就在你身边不远处。

（还有很多尚未被明确分类的怪物）

感谢参与到我生活中的每一个人，
感谢你们在对抗自己的怪物的同时，
还不忘了来支持我的怪物们。

今天也是一事无成